Oetinger

Paul Maar, 1937 in Schweinfurt geboren, ist einer der erfolgreichsten deutschen Kinder- und Jugendbuchautoren, zugleich virtuoser Wortkünstler und phantasievoller Erzähler. Zu seinen beliebtesten Figuren gehört das Sams, das in Büchern und Filmen sein Publikum begeistert und wie sein Erfinder im oberfränkischen Bamberg lebt. Aber auch Kinderhelden wie Lippel, Herr Bello und das kleine Känguru wurden von Paul Maar erschaffen. Der Autor hat viele bedeutende literarische Ehren erhalten, u. a. den Deutschen Jugendliteraturpreis für sein Gesamtwerk, den Friedrich-Rückert-Preis und den E.T.A.-Hoffmann-Preis.

Nina Dulleck, 1975 geboren, ist Kinderbuchautorin und -illustratorin. Sie lebt in Rheinhessen in direkter Nachbarschaft zu einem Tiger, zwei Minischweinen, fünf Eseln, acht Katzen, 27 Hühnern und gefühlten tausend Pferden. Zusammen mit ihrem Mann hütet sie eine wilde Meute von drei Kindern, wenn sie sich nicht gerade Geschichten in Wort und Bild ausdenkt.

Paul Maar

Das Sams

Eine Woche voller Samstage

Illustrationen von Nina Dulleck

Verlag Friedrich Oetinger • Hamburg

Alles vom Sams

Eine Woche voller Samstage
Am Samstag kam das Sams zurück
Neue Punkte für das Sams
Ein Sams für Martin Taschenbier
Sams in Gefahr
Onkel Alwin und das Sams
Sams im Glück
Ein Sams zu viel
Das Sams feiert Weihnachten

FSC www.fsc.org
MIX
Papier aus verantwortungsvollen Quellen
FSC® C002795

2. Auflage

Erstmals erschienen 1973 im Verlag Friedrich Oetinger
Text und Idee: Paul Maar
Einband und Illustrationen: Nina Dulleck
Satz: Arnold & Domnick GbR, Leipzig
Druck und Bindung: SIA Livonia Print,
Ventspils iela 50, LV-1002, Riga, Lettland
Printed 2021
ISBN 978-3-7891-0815-0

www.wunschpunkte.de
www.oetinger.de

Inhalt

Samstag

der 5. Mai

Es war Samstagmorgen, und Herr Taschenbier saß im Zimmer und wartete.
Worauf er wartete? Das wusste Herr Taschenbier selber nicht genau.
Warum er dann wartete? Das lässt sich schon eher erklären. Allerdings muss man da mit dem Sonntag beginnen:
Am Sonntag schien die Sonne, das kam öfter mal vor.
Am Montag klopfte es. Frau Rotkohl streckte den Kopf durch die Tür und sagte:
»Da ist ein Mensch für Sie, Herr Flaschenbier. Dass er mir ja nicht raucht im Zimmer, das schadet den Gardinen! Und dass er sich nicht aufs Bett setzt! Wozu haben Sie denn einen Stuhl!«
Frau Rotkohl war seine Vermieterin. Immer wenn sie sich ärgerte, sagte sie »Herr Flaschenbier« zu Herrn Taschenbier. Diesmal ärgerte sie sich, weil er Besuch bekam.
Der Besuch, den sie ins Zimmer schob, war ein Schulfreund von Herrn Taschenbier. Er hieß Herr Mon und brachte zur Begrüßung einen Mohnblumenstrauß

mit. Am Tag darauf, am Dienstag, hatte Herr Taschenbier Dienst. Das war nichts Besonderes.
Am Mittwoch war gerade Mitte der Woche. Auch das machte Herrn Taschenbier noch nicht stutzig.
Erst als am Donnerstag ein mächtiges Gewitter aufzog und es gewaltig donnerte, wurde er aufmerksam.
Der Freitag kam. Und siehe da: Herr Taschenbier bekam frei.
Das kam daher, dass sein Chef so große Angst vor Dieben hatte. Jeden Abend versteckte er den Büroschlüssel woanders. Am Donnerstag hatte er sich ein besonders sicheres Versteck ausgedacht. Er wickelte den Schlüssel in ein Taschentuch, steckte das Tuch in seinen Stiefel, stellte ihn in den Kleiderschrank, stülpte einen Hut über den Stiefel und schloss den Schrank ab. Den Schrankschlüssel legte er in eine Zigarrenkiste, stellte die Kiste in die Schreibtischschublade und schloss auch die ab. Dann versteckte er den Schreibtischschlüssel.
Am Freitagmorgen wusste er zwar ganz genau, wo er den Büroschlüssel hingelegt hatte. Aber wo er den Schreibtischschlüssel versteckt hatte, fiel ihm beim besten Willen nicht mehr ein. So konnte er die Schublade nicht öffnen, um den Schrankschlüssel herauszuholen, den er brauchte, um an den Büroschlüssel heranzukommen. Was blieb ihm anderes übrig? Er

musste Herrn Taschenbier nach Hause schicken und nachdenken. So lange, bis ihm eingefallen war, wo er den Schlüssel versteckt hatte.
Jetzt, sagte sich Herr Taschenbier, konnte es kein Zufall mehr sein: Am Sonntag Sonne. Am Montag Herr Mon mit Mohnblumen. Am Dienstag Dienst. Am Mittwoch Mitte der Woche. Am Donnerstag Donner und am Freitag frei! Deshalb saß Herr Taschenbier am Samstag erwartungsvoll in seinem Zimmer und fragte sich, was der Tag bringen würde.
Lange hatte er noch nicht gesessen, da klopfte es laut an die Tür. Herr Taschenbier hielt vor Spannung die Luft an und sagte kein Wort. Aber es war nur Frau Rotkohl, die mit einem Eimer und einem Besen ins Zimmer kam.
»Sie können wohl nicht ›Herein‹ sagen wie jeder normale Mensch?«, fragte sie und stellte den Eimer scheppernd vor Herrn Taschenbier auf den Boden. Erschrocken zog er die Füße unter den Stuhl zurück. Er hätte gern geantwortet: »Ein normaler Mensch kommt

auch nicht ins Zimmer, wenn niemand ›Herein‹ sagt!« Aber Herr Taschenbier war ein netter und freundlicher Herr und hasste Streit. Außerdem hatte er ein bisschen Angst vor Frau Rotkohl, weil sie fast einen Kopf größer war als er. Und darüber hinaus war sie die Vermieterin und konnte ihm jederzeit kündigen. Deswegen sagte Herr Taschenbier gar nichts.

»Sie haben wohl die Sprache verloren, Herr Taschenbier?«, fragte Frau Rotkohl weiter und begann, das Zimmer auszufegen.

»Könnten Sie nicht, bitte, mein Zimmer etwas später sauber machen?«, wagte Herr Taschenbier zaghaft zu fragen.

»Gehen Sie doch spazieren, wenn es Ihnen nicht passt!«, sagte Frau Rotkohl grob. Gleich darauf kommandierte sie: »Füße hoch!«, und fuhr mit dem Besen auf Herrn Taschenbiers Beine los. Gehorsam zog er die Füße an und stellte sie auf den Stuhl, auf dem er saß.

»Sie Schmutzfink!«, schrie Frau Rotkohl, als sie das sah. »Meinen schönen Stuhl mit Schuhen treten! Sofort gehen Sie in die Küche und holen einen Lappen!« Herr Taschenbier eilte in die Küche. Als er wiederkam, hatte Frau Rotkohl seinen Stuhl kurzerhand auf den Tisch gestellt und wischte jetzt den Boden auf. Seufzend nahm er seinen Hut, zog seine Jacke an und ging.

»Wo wollen Sie denn hin?«, rief ihm Frau Rotkohl nach.
»Spazieren gehen!«
»Das sieht Ihnen ähnlich: am hellen Tag spazieren gehen, wenn andere Leute arbeiten.«
»Sie haben doch selbst gesagt, ich solle spazieren gehen«, protestierte Herr Taschenbier.
»Das sollen Sie auch, Sie Stubenhocker«, rief sie zurück. »Sie sind schon ganz bleich, weil Sie den ganzen Tag im Zimmer hocken.«
Herr Taschenbier schlug schnell die Tür zu und machte sich auf den Weg. Es war ein schöner Samstagmorgen, die Sonne schien, und er freute sich, dass er das Geschimpfe der Frau Rotkohl nicht mehr hören musste.
An der nächsten Straßenecke stand dicht gedrängt eine Menschengruppe. Herr Taschenbier ging neugierig darauf zu. Die Leute betrachteten etwas. Es schien nicht sehr groß zu sein, denn alle blickten mit gesenktem Kopf nach unten. Er versuchte herauszufinden, was es da zu sehen gab. Aber er war zu klein, und die Leute standen zu dicht.
»Man muss den Zoo benachrichtigen. Sicher ist es dort ausgebrochen. Ein gewöhnlicher Mensch hält sich so etwas nicht«, sagte eine Frau, die ganz vorn stand. Offenbar war es irgendein Tier.
»Das scheint eine Affenart zu sein«, stellte ein Mann fest.

»Affenart? Mit dem Rüssel? Sieht eher wie eine Art Frosch aus«, rief ein anderer Mann dazwischen.
»Ein Frosch kann es unmöglich sein. Das Ding hat doch feuerrote Haare. Haben Sie schon mal einen Frosch mit Haaren gesehen? Noch dazu so groß?«
Das wurde ja immer interessanter: ein Tier, das man sowohl für einen Frosch als auch für einen Affen halten konnte!
»Sie sollten sich schämen, sich so über ein kleines Kind lustig zu machen. Sie als erwachsene Menschen!«, sagte empört eine dicke Frau und sah strafend um sich.
»Ein kleines Kind? Sie sind wohl kurzsichtig«, sagte der Mann, der das Wesen für einen Affen gehalten hatte.
Aber die dicke Frau ließ sich nicht beirren. Sie beugte sich hinunter und sagte: »Wie heißt du denn, mein Kindchen?«
Herr Taschenbier konnte immer noch nichts sehen. Aber er hörte etwas. Eine helle, durchdringende Stimme sagte laut und deutlich: »Bin kein Kindchen, bäh!«
Die umstehenden Leute rissen vor Erstaunen den Mund auf.
»Das kann ja reden!«, rief ein Mann.
»Richtig deutsch«, sagte eine Frau verwundert.
»Habe ich ja immer gesagt«, stellte die Dicke fest und

beugte sich wieder hinunter. »Sag doch mal was, mein Kindchen!«, forderte sie es auf.
»Dickerchen, Dickerchen«, rief die gleiche durchdringende Stimme.
»Meinst du mich damit?«, fragte die Dicke mit hochrotem Kopf. Ein paar Leute kicherten. Die Stimme begann zu singen:

»Dick – Dicker – Dickerchen
fand einst am Ostseestrand
beim Graben mit dem Schäufelchen
im Sand 'nen Elefant.

Dick – Dicker – Dickerchen
nahm Platz auf seinem Rücken.
Da schrie der Urwaldelefant:
›Du willst mich wohl zerdrücken?‹

Dick – Dicker – Dickerchen
hörte nicht zu und schwatzte.
Da rächte sich der Elefant,
indem er schweigend platzte.«

»So eine Unverschämtheit«, zischte die dicke Frau, drehte sich um und ging.
Das war eine einmalige Gelegenheit für Herrn Ta-

schenbier. Schnell schob er sich in die Lücke, drängte nach vorn und stand nun gerade vor dem Wesen, das singend am Boden saß.

Jetzt verstand Herr Taschenbier, warum die anderen nicht wussten, wie sie es nennen sollten. Es war wirklich schwer zu beschreiben, weil es weder ein Mensch noch ein Tier war.

Da war einmal der Kopf: zwei freche, flinke Äuglein, ein riesiger Mund, so groß, dass man fast Maul sagen musste, und anstelle der Nase ein beweglicher kurzer Rüssel. Sein breites Gesicht war übersät mit großen blauen Punkten. Aus den feuerroten Haaren, die wie Stacheln eines Igels nach oben standen, schauten zwei abstehende Ohren.

Und so sah der Körper aus, auf dem dieser Kopf saß: Zuerst fiel der grüne, prallrunde Trommelbauch auf, weil er so groß war. Die Arme und Hände waren die eines Kindes, die Füße dagegen erinnerten an vergrößerte Froschfüße. Brust und Bauch waren glatt, der Rücken leicht behaart wie bei einem jungen Orang-Utan.

So saß es auf dem Boden, hatte mit dem Singen aufgehört und schaute frech von einem zum anderen.

»Das ist kein Tier, so viel steht fest«, sagte ein Mann aus der Menge. »Sonst könnte es nicht reden.«

»Wollen Sie vielleicht behaupten, dass es ein Kind ist?«, fragte ein anderer.

»Nein, ein Kind ist es auch nicht.«
»Was ist es denn dann?«
»Vielleicht kommt es vom Mars? Ein Marsmensch!«
»Reden Sie keinen Unsinn«, mischte sich ein streng aussehender Herr ein. »Das Lebewesen hier kommt nicht vom Mars. Das können Sie mir glauben. Ich kenne mich aus. Ich bin Studienrat, Studienrat Groll!«
Sofort begann das Lebewesen, von dem die Rede war, auf dem Boden herumzuhüpfen. Dabei sang es:

»Studienrat, Studienrat
hat den ganzen Kopf voll Draht!
Studienrat Groll
hat den Kopf mit Draht voll!«

Dann setzte es sich hin, faltete die Hände über dem Bauch zusammen und schaute wieder frech in die Runde.
»Sofort hörst du mit dem albernen Gesinge auf!«, rief der Studienrat empört.
Statt einer Antwort streckte ihm das Wesen eine lange Zunge heraus.
»Sag uns sofort, wie du heißt!«, befahl er dann.
Das Wesen lachte. Dann hüpfte es wieder im Kreis herum und sang:

»Ihr seid alle dumm,
dumm, dumm, dumm!
Drum tanz ich hier herum,
rum, rum, rum!«

Der Studienrat wurde immer wütender.
»So, so, wir sind dumm! Und du bist natürlich das klügste Wesen auf der Welt«, sagte er. »Und warum sind wir alle angeblich so dumm?«
»Ich weiß, wer du bist, aber du weißt nicht, wer ich bin«, lachte das Wesen. Dann sang es wieder:

»Keiner weiß,
wie ich heiß.
Furchtbar dumm
stehn sie rum.
Keiner weiß,
wie ich heiß.«

»Wenn du glaubst, wir probieren alle Namen aus, dann hast du dich getäuscht«, sagte Studienrat Groll. »Wir spielen hier doch nicht Rumpelstilzchen. Wenn du uns nicht sagen willst, wer du bist, dann werden wir eben die Polizei holen.«
»Die Polizei!«, sagte das kleine Wesen. »Ihr glaubt doch nicht, dass die Polizei weiß, wie ich heiß.«

»Aber ich weiß es vielleicht«, platzte Herr Taschenbier heraus. Mit einem Mal war ihm ein Gedanke gekommen. Wie war das doch gewesen: am Sonntag Sonne, am Montag Herr Mon, am Dienstag Dienst, am Mittwoch Wochenmitte, am Donnerstag Donner, am Freitag frei – und heute war Samstag.
Am Samstag Sams! Das war's!
»Du bist bestimmt ein Sams!«, sagte er entschieden.
Das kleine Wesen am Boden bekam vor Staunen tellergroße Augen und sperrte das Maul auf, dass man meinte, es wolle ein ganze Packung Toastbrot auf einmal verschlingen.

»Wie hast du das herausgefunden? Woher weißt du, dass ich ein Sams bin?«, fragte es.
»Man muss nur logisch denken können – wie ein Privatdetektiv«, sagte Herr Taschenbier und sah sich stolz um.
Da geschah etwas Unerwartetes: Das Sams kletterte geschwind wie ein Äffchen an Herrn Taschenbier hoch, kuschelte sich in seinen Arm und sagte: »Ja, mein Papa kann logisch denken. Ihr nicht. Ihr seid alle dumm!«
Dann steckte es den Daumen in den Mund und begann schmatzend daran zu lutschen.
»Sie hätten ja gleich sagen können, dass es Ihr Kind ist«, sagte Herr Groll wütend und ging davon.
»Aber ...«, fing Herr Taschenbier an.
»Das ist die heutige Erziehung«, sagte eine Dame. »Das Kind macht sich über uns lustig, und der Vater steht dabei und freut sich noch!«
»Aber ...«, fing Herr Taschenbier noch einmal an. Das Sams streckte seine Finger aus und hielt ihm einfach den Mund zu.
Und ehe Herr Taschenbier irgendetwas erklären konnte, waren die Leute weitergegangen, und er stand allein auf der Straße – mit einem Sams auf dem Arm.
»Warum sagst du immer ›Papa‹ zu mir? Das finde ich frech«, sagte Herr Taschenbier und war richtig ein bisschen wütend.

»Wieso?«, fragte das Sams und nahm vor Staunen den Finger aus dem Mund. »Du bist doch jetzt mein Papa.«
»Ich bin überhaupt nicht dein Papa! Ich heiße Taschenbier und wohne da vorn. Ich habe kein Kind, dafür gibt es Zeugen«, rief Herr Taschenbier und hätte am liebsten das Sams von seinem Arm heruntergeschüttelt.
Aber das Sams klammerte sich ganz fest, und es sah aus, als ob es gleich weinen würde, als es sagte: »Das ist doch immer so bei Samsen. Wenn einer errät, dass man ein Sams ist, dann gehört ihm das Sams. Dann muss er das Sams bei sich wohnen lassen und ihm zu essen geben.«
»Bei sich wohnen lassen?«, fragte Herr Taschenbier entsetzt. Er dachte an Frau Rotkohl. »Das ist unmöglich. Außerdem weiß ich gar nicht, was Samse essen.«
»Alles, Papa, alles«, erwiderte das Sams und nagte an der Jacke von Herrn Taschenbier. Ehe der etwas sagen konnte, hatte ihm das Sams schon den Kragen von der Jacke gefressen.
»Hörst du sofort auf, an meiner Jacke zu knabbern!«, rief er erschrocken.
»Stoff schmeckt aber gut«, sagte das Sams mit vollem Mund und langte nach der Mütze von Herrn Taschenbier.
»Ich will nicht, dass du meine Sachen auffrisst«, rief der und versuchte seine Mütze zu retten.

»Willst du das, oder wünschst du das?«, fragte das Sams kauend.
»Ich will das!«, sagte Herr Taschenbier streng.
»Ach so«, sagte das Sams, verschlang die Mütze, zog Herrn Taschenbier das Taschentuch aus der Jackentasche und begann es aufzufressen. »Sehr zart«, sagte es dabei und rollte genießerisch mit den Augen.
»Dann wünsche ich es eben«, sagte Herr Taschenbier schnell und hielt ängstlich seine Krawatte fest.
»Du wünschst es, Papa?«, fragte das Sams, gab ihm sofort das angefressene Taschentuch zurück und spuckte alles aus, was es noch im Mund hatte. »Wenn du es wünschst, werde ich es natürlich nicht mehr tun.«
»Was soll ich jetzt nur machen?«, jammerte Herr Taschenbier. »Wie werde ich dich nur wieder los?«
»Wir wollen zusammen heimgehen«, schlug das Sams vor. »Ich bin müde, ich will in mein Bettchen.«
»Jetzt hör mal gut zu …«, begann Herr Taschenbier und wollte eine lange Rede halten. Dann sah er zum Sams hinunter und merkte, dass es auf seinem Arm eingeschlafen war.
Kopfschüttelnd blieb er eine Weile stehen. Schließlich drehte er sich um und ging zurück zu Frau Rotkohls Haus. Einige Schritte vor der Haustür blieb er wieder stehen.

»Sind wir schon da?«, fragte das Sams und setzte sich auf.
»Gut, dass du aufgewacht bist«, sagte Herr Taschenbier. »Ich habe es mir überlegt, ich kann dich nicht mit hineinnehmen. Es ist unmöglich. Wenn dich Frau Rotkohl erwischt, wirft sie uns beide hinaus.«
»Ach, die alte Rosenkohl«, sagte das Sams und streckte die Zunge heraus. »Der sagst du einfach: Das Kind von deiner Schwester ist zu Besuch gekommen.«

»Die merkt doch, dass du kein Kind bist«, widersprach Herr Taschenbier. »Du hast ja nicht einmal Kleider an.«
»Musst du mir halt welche kaufen«, entschied das Sams.
Herr Taschenbier sah auf die Uhr. »Bis wir in die Stadt kommen, haben die Läden geschlossen. Und morgen ist Sonntag!«
»Musst du mir halt am Montag welche kaufen«, sagte das Sams. »Und bis dahin musst du mich verstecken!«
»Wie soll ich dich denn verstecken?«, fragte Herr Taschenbier ratlos.
»Wenn du mich hier draußen stehen lässt, schreie ich so lange, bis die olle Rosenkohl kommt. Dann sage ich, du bist mein Papa, und dann lässt sie mich hinein«, drohte das Sams.

»Du wirst dich hüten, hier zu schreien«, sagte Herr Taschenbier erschrocken. »Ich will sehen, wie ich dich in mein Zimmer schmuggeln kann. Bleib hier sitzen und rühr dich nicht, bis ich wiederkomme!« Damit setzte er das Sams in den Vorgarten hinter einen dichten Busch und ging zum Haus.

Kaum war er ein paar Schritte gegangen, als das Sams mit durchdringender Stimme zu singen begann:

»Die Nase sitzt meist im Gesicht,
das Sams sitzt hier und rührt sich nicht.
Hier sitzt es still und rührt sich nicht.
Wer das nicht glaubt, kommt vor Gericht.«

Herr Taschenbier sprang vor Schreck fast in die Höhe, rannte zurück und zischelte dem Sams zu: »Willst du wohl still sein!«

»Nei – hei – hein. Nei – hei – hein.
Ich will nicht stille sein«,

sang das Sams aus voller Kehle.

»Dann kannst du sehen, wo du einen anderen Papa herbekommst«, sagte Herr Taschenbier empört und drehte sich um.

»Aber Papa«, rief das Sams. »Du hast mich doch nur

gefragt, ob ich ruhig sein will. Du musst es anders sagen.«
»Ich will, dass du ruhig bist«, sagte Herr Taschenbier, schon etwas besänftigt.
»Immer noch falsch!«, sagte das Sams und schüttelte den Kopf.
»Wie denn dann?«, fragte er erstaunt.
»Ich wünsche ...«, sagte das Sams vor.
»Also dann: Ich wünsche, dass du still bist, bis ich wiederkomme. Verstanden?«
Das Sams nickte mit dem Kopf und sagte kein Wort mehr.
Herr Taschenbier ging zum Haus und versuchte, ganz leise aufzuschließen. Aber Frau Rotkohl hatte aufgepasst und kam aus der Küche geschossen, gerade als er in sein Zimmer schlüpfen wollte.
»Na, das war ein langer Spaziergang«, stellte sie fest. »Denken Sie nur nicht, dass Sie jetzt noch ein Mittagessen bekommen. Ich stehe doch nicht den ganzen Tag in der Küche und warte, bis es Herrn Flaschenbier einfällt zurückzukommen. Wie sehen Sie überhaupt aus? Schämen Sie sich nicht, so mein Haus zu betreten? Wo haben Sie denn Ihren Jackenkragen gelassen?«
Herr Taschenbier murmelte etwas Unverständliches, schob sich an ihr vorbei, ging schnell in sein Zimmer und schloss die Tür.

Wie konnte er nur das Sams unbemerkt an Frau Rotkohl vorbei in sein Zimmer bringen? Im Papierkorb? Das würde ihr auffallen. In einem großen Karton? Was sollte er ihr sagen, wenn sie ihn nach seinem Inhalt fragte? Er wühlte in seinem Schrank und fand endlich, was er brauchte: einen großen Rucksack.
Als kurz darauf Herr Taschenbier aus seinem Zimmer kam, traute Frau Rotkohl ihren Augen nicht: Er trug eine grüne Jacke mit Hornknöpfen, Kniestrümpfe, Kniebundhosen und schwere Wanderstiefel. In der Hand hatte er einen Spazierstock und auf dem Rücken einen Rucksack.
»Was ... was ... was haben Sie denn vor?«, stotterte sie entgeistert.
»Eine kleine Wanderung stärkt die Lungen und rötet die Wangen«, erklärte ihr Herr Taschenbier, und schon war er aus dem Haus.
Noch mehr staunte aber Frau Rotkohl, als keine fünf Minuten später die Haustür schon wieder aufgeschlossen wurde, Herr Taschenbier an ihr vorbeirannte und – ehe sie etwas sagen konnte – in seinem Zimmer verschwand. Dabei glaubte sie ganz deutlich gehört zu haben, wie er mit durchdringender hoher Stimme »Frau Rosenkohl, Frau Rosenkohl« sang.
Drinnen im Zimmer öffnete gleich darauf Herr Taschenbier den Rucksack und zog das Sams heraus.

»Ist das mein Zimmer?«, fragte es und schaute sich neugierig um.
»Du hast doch versprochen, leise zu sein«, schimpfte Herr Taschenbier.
»War ich denn nicht leise?«, fragte das Sams erstaunt.
»Nein, du hast immer ›Frau Rosenkohl, Frau Rosenkohl‹ gesungen.«
»Ach so, das war ja später. Du hast nur gewünscht, dass ich still bin, bis du wiederkommst«, erklärte das Sams und sang gleich wieder: »Bis du wiederkommst, bis du wiederkommst ...«
»Sei sofort still!«, rief Herr Taschenbier, packte das Sams und steckte es unter die Bettdecke. Es klopfte.
»Haben Sie gerufen, Herr Flaschenbier?«, fragte Frau Rotkohl von draußen.
»Nein!«, schrie Herr Taschenbier und zog die Decke fester über das Sams. Das sang ungerührt unter der Bettdecke weiter:

»Das Sams ist still, das Sams ist still,
weil sein Papa es so will.«

Herr Taschenbier besann sich darauf, wie man mit Samsen umzugehen hatte. Er hob die Bettdecke ein wenig hoch und flüsterte: »Ich wünsche, dass du still bist!« Und sofort hörte das Sams auf zu singen.

In diesem Augenblick ging auch schon die Tür auf, und Frau Rotkohl steckte ihren Kopf herein.
»Sie reden doch mit jemandem?«, sagte sie misstrauisch und schaute sich im Zimmer um.
»Ich habe nur ein wenig gesungen«, log Herr Taschenbier.
»Gesungen!«, wiederholte sie und machte die Tür wieder zu.
Eine Weile ging Herr Taschenbier im Zimmer auf und ab und überlegte, wie dieses Abenteuer wohl weitergehen würde. War es nicht leichtsinnig von ihm gewesen, das Sams einfach mit nach Hause zu nehmen? Am Ende würden sie noch beide aus dem Zimmer geworfen, er mitsamt seinem komischen Sams!
Er hob die Bettdecke hoch, um mit dem Sams zu sprechen. Aber das Wesen war eingeschlafen und lag friedlich auf seinem Kopfkissen. Seufzend setzte sich Herr Taschenbier auf die Bettkante.
»Ich wünschte, ich hätte wenigstens ein schönes Mittagessen, dann ließe sich das Ganze besser aushalten«, murmelte er.
»Was wünschst du dir denn zum Mittagessen?«, fragte das Sams schlaftrunken. Anscheinend hatte es seinen Stoßseufzer gehört.
»Na ja, Hähnchen mit Kartoffelsalat zum Beispiel«, sagte Herr Taschenbier. »Und zum Nachtisch Eis.«

»Hähnchen, Kartoffelsalat, Eis, sehr gut«, murmelte das Sams, drehte sich um und schlief weiter.
Fast genau im selben Augenblick klopfte es an die Tür. Herr Taschenbier breitete schnell wieder die Decke über das Sams, strich das Betttuch glatt und setzte sich auf den Stuhl. Dann rief er: »Herein!«
Die Tür ging auf, und Frau Rotkohl trat ins Zimmer mit einem Tablett in der Hand. Anscheinend war sie immer noch misstrauisch und brauchte einen Vorwand, um ins Zimmer zu kommen.
»Weil Sie heute nicht in der Küche gegessen haben, bringe ich Ihnen ausnahmsweise das Essen aufs Zimmer«, sagte sie und stellte das Tablett auf den Tisch.
»Was gibt es denn?«, fragte Herr Taschenbier, als er sich etwas von seinem Staunen erholt hatte.
»Heute gibt es Hähnchen mit Kartoffelsalat und zum Nachtisch Eis«, sagte Frau Rotkohl. »Ich wünsche guten Appetit!«

Sonntag

der 6. Mai

Taschenbier wurde davon wach, dass dicht neben seinem Ohr jemand laut sang.
Einen Augenblick glaubte er zu träumen und drehte sich auf die andere Seite. Aber das Singen hörte nicht auf. Eine helle, durchdringende Stimme sang fürchterlich falsch:

»Schlaf, Papa, schlaf!
Die Rotkohl ist ein Schaf.
Das Sams, das schüttelt's Bäumelein,
da fällt herab ein Zentnerschwein.
Schlaf, Papa, schlaf!

Ruh, Papa, ruh!
Die Rotkohl ist 'ne Kuh.
Das Sams, das schüttelt's Abflussrohr,
da kriecht ein Elefant hervor.
Ruh, Papa, ruh!«

Mit einem Mal war Herr Taschenbier hellwach und

setzte sich im Bett auf. Draußen schien schon die Sonne. Es war früher Morgen, Sonntagmorgen. Und neben ihm im Bett saß das Sams und sang. Jetzt fiel ihm alles wieder ein: Gestern hatte er ja dieses Wesen mitgebracht, dieses ständig lärmende Sams, das er mit dem besten Willen nicht mehr loswurde.
»Du bist ja immer noch da«, seufzte er.
»Natürlich, Papa.« Das Sams nickte.
»Warum hast du denn so laut gesungen?«, fragte Herr Taschenbier vorwurfsvoll.
»Das war ein Schlaflied für dich, Papa. Hast du nicht gehört:

Horch, Papa, horch!
Die Rotkohl ist ein Storch ...«

»Sei still, gleich kommt Frau Rotkohl und kündigt mir!«
»Das kann sie nicht!«
»Warum soll sie nicht können?«
»Weil sie nicht hereinkann. Ich habe die Tür abgeschlossen. Da ist der Schlüssel.«
»Gib sofort den Schlüssel her! Wenn sie nicht ins Zimmer kann, ist sie stocksauer und schimpft wie ein ...«
»Wie ein Regenwurm?«, fragte das Sams.
»Gib sofort den Schlüssel her!«, befahl Herr Taschenbier statt einer Antwort.

»Hol ihn dir doch, Papachen«, lachte das Sams und kletterte schnell auf den Schrank. Dort oben balancierte es den Schlüssel auf seinem Rüssel.

Herr Taschenbier sprang aus dem Bett, griff nach dem Spazierstock und versuchte das Sams vom Schrank herunterzuangeln.

In diesem Augenblick pochte es an seine Tür, und Frau Rotkohl rief von draußen:

»Unerhört! So eine Frechheit! Was soll der ruhestörende Lärm mitten in der Nacht? Noch ein Ton, und Sie können sich Ihr Mittagessen selber machen, Herr Flaschenbier!«

Ehe Herr Taschenbier antworten konnte, schrie das Sams vom Schrank oben zurück:

»Es ist gar nicht mitten in der Nacht, Frau Rosenkohl. Sie lügen ja, die Sonne scheint.«

Dabei ahmte es die Stimme von Herrn Taschenbier so gut nach, dass Frau Rotkohl selbst dann kein Unterschied aufgefallen wäre, wenn sie im Zimmer gestanden hätte.

Einen Augenblick blieb es draußen ruhig. Wahrscheinlich musste sie sich erst von ihrer Verblüffung erholen. Dann schrie sie los: »Das ist der Gipfel! So eine Unverschämtheit! Sie sind ja betrunken, Herr Flaschenbier!« Dabei rüttelte sie an der Türklinke und versuchte ins Zimmer zu kommen.

»Selber betrunken, selber betrunken!«, schrie das Sams und hopste vor Vergnügen auf dem Schrank herum.
»Machen Sie sofort die Tür auf, oder ich hole die Polizei!«, schrie Frau Rotkohl noch wütender von draußen.
»Ich kann nicht ...«, rief Herr Taschenbier und versuchte das Sams vom Schrank zu zerren.
»... kann nicht verstehen, warum ich aufmachen soll, Frau Grünkohl«, ergänzte das Sams mit der Stimme von Herrn Taschenbier.
»Sie wollen nicht? Das Zimmer gehört mir!«, schrie Frau Rotkohl von draußen.
»Warum muss ich eigentlich jeden Monat Geld für das Zimmer bezahlen, Rotköhlchen?«, flötete das Sams.
»Das ist die Miete. Außerdem verbitte ich mir Ihre Bezeichnungen. Ich heiße Rotkohl, verstanden?«
»Wenn ich Miete bezahle, habe ich das Zimmer gemietet, und wenn ich ein Zimmer gemietet habe, darf ich es auch abschließen«, erklärte das Sams durch die verschlossene Tür.
Darauf wusste Frau Rotkohl wohl nichts mehr zu sagen. Jedenfalls dauerte es eine Weile, bis sie schließlich rief:
»Sie bekommen heute von mir kein Mittagessen! Nach diesen Frechheiten nicht!«
»Aber Frau Rotkohl!«, rief Herr Taschenbier. Er hatte es aufgegeben, das Sams fangen zu wollen.

Sofort fuhr das Sams mit Herrn Taschenbiers Stimme fort: »Aber Frau Blaukohl, aber Frau Grünkohl!«
»So eine Unverschämtheit! Sie wissen genau, dass ich Rotkohl heiße, Herr Flaschenbier«, fing sie wieder an zu schimpfen.
»Unverschämtheit! Sie wissen genau, dass ich Taschenbier heiße, Frau Rotkohl«, rief das Sams zurück.
Draußen blieb es still. Sicher war ihr die Puste ausgegangen.
Das Sams kletterte vom Schrank herunter, tanzte im Zimmer herum und sang:

»Frau Rosenkohl
ist innen hohl!
Frau Rosenkohl
ist innen hohl!«

»Für diese Beleidigung werden Sie mir büßen!«, rief Frau Rotkohl durch die Tür.
»Welche Beleidigung?«, fragte das Sams.
»Sie haben gesungen: ›Frau Rosenkohl ist innen hohl.‹ Ich habe es genau gehört!«
»Heißen Sie denn Frau Rosenkohl?«, fragte das Sams und tat ganz erstaunt.
»Natürlich nicht.«
»Dann geht es Sie auch überhaupt nichts an, was ich

von der Frau Rosenkohl erzähle«, stellte das Sams fest und sang gleich weiter:

»Frau Rosenkohl
ist innen hohl,
Frau Rosenknall
ist wie ein Ball,
Frau Rosenkluft
enthält nur Luft.«

Darauf wusste Frau Rotkohl nichts mehr zu erwidern. Sie hörten, wie sie in die Küche ging und hinter sich die Tür zuknallte.

»Na, Papa, der haben wir es aber gegeben«, sagte das Sams stolz und brachte Herrn Taschenbier den Schlüssel.

»Gegeben, gegeben!«, äffte er zornig nach. »Du wirst schon sehen, wo das hinführt. Bestimmt kündigt sie mir morgen.«

»Wenn sie dir heute nicht gekündigt hat, tut sie das morgen auch nicht«, meinte das Sams gleichmütig und begann am Papierkorb zu knabbern.

»Lässt du sofort den Papierkorb in Ruhe!«, zischte Herr Taschenbier. Er wagte nicht, laut zu schimpfen. Aus Angst vor Frau Rotkohl.

»Ist aus Korb«, stellte das Sams fest. »Schmeckt gut.«

Und aß den Papierkorb auf mit allem, was darin lag. Dann schaute es sich schmatzend nach dem Stuhl um.

»Wehe, wenn du in den Stuhl beißt!«, sagte Herr Taschenbier und setzte sich schnell darauf.

»Ist aus Holz«, stellte das Sams fest und schnüffelte am Stuhlbein herum. Aber Herr Taschenbier stellte seine Füße so hin, dass es nicht in den Stuhl beißen konnte. Deswegen stieg das Sams auf den Tisch und machte sich über die Blumen her, die dort in einer Vase standen.

»Mmm, guter Salat«, sagte es und schlang die Blumen hinunter.

»Du sollst hier nicht alle Sachen auffressen!«, rief Herr Taschenbier. Vor Aufregung war er ganz laut geworden.

Das Sams kümmerte sich nicht darum, steckte die Blumenvase ins Maul und zerbiss knurpsend die einzelnen Splitter.

»Glas mit Wasser«, schmatzte es dabei. »Schmeckt gut.« Dann ging es auf die Heizung zu. »Ist aus Eisen«, stellte es fest, nachdem es daran gerochen hatte. »Eisen schmeckt gut.« Es rollte vor Begeisterung mit den Augen und strich sich über den Bauch.

»Ich wünsche, dass du nichts aus meinem Zimmer auffrisst«, sagte Herr Taschenbier schnell, bevor es hineinbeißen konnte. Ihm war gerade noch rechtzeitig eingefallen, dass man bei Samsen anscheinend immer »ich wünsche« sagen musste.
Sofort hörte das Sams auch auf, an der Heizung zu riechen, holte sogar eine Glasscherbe aus dem Maul, die es noch nicht hinuntergeschluckt hatte, legte sie sorgsam auf den Tisch und setzte sich artig daneben.
»So gefällst du mir schon besser«, lobte Herr Taschenbier. »Wo bekomme ich aber einen neuen Papierkorb her?«
»Den kaufen wir morgen, Papa. Wir müssen doch Anziehsachen für mich kaufen«, erklärte das Sams. »Ich freue mich schon auf das Kaufhaus.«
Vor Freude begann es gleich wieder zu singen:

»Kaufhaus, Feldmaus.
Kaufmaus, Kopflaus.
Kauflaus, Blumenstrauß.«

»Bitte, sei doch still«, beschwor es Herr Taschenbier. »Gleich kommt wieder Frau Rotkohl und schimpft ...«
»Hast du wirklich Angst vor der?«, fragte das Sams.
»Die hat halt immer was zu meckern«, verteidigte sich Herr Taschenbier. »Ich kann machen, was ich will.

Ständig hat sie etwas auszusetzen an mir. Manchmal wünsche ich, sie säße auf irgendeinem Schrank und käme nicht mehr hinunter.«

»Auf einem Schrank?«, sagte das Sams. »Das wünschst du dir, Papa? Tolle Idee!« Es hüpfte im Zimmer herum, lachte und prustete dabei immer wieder heraus: »Auf einem Schrank!«

Schließlich wurde es Herrn Taschenbier zu bunt.

»Ich wünsche, dass du mir jetzt zuhörst«, sagte er streng. Sofort hörte das Sams auf zu lachen und sah Herrn Taschenbier an.

»Du hast ja schon gegessen«, sagte der, »aber ich habe noch Hunger. Ich muss dich wieder in den Rucksack stecken und dich hinausschmuggeln. Wir machen heute einen Ausflug und essen irgendwo im Grünen.«

»Sehr schön, im Grünen, einen Ausflug«, schrie das Sams, stieg gleich in den Rucksack und begann zu singen:

*»Segelflugzeug, Düsenjäger,
Zeppelin und Freiballon,
Mondrakete, Doppeldecker,
wartet nur, wir kommen schon!«*

»Muss ich dir schon wieder sagen, dass du leise sein sollst? Außerdem fliegen wir nicht, wir gehen zu Fuß«, erklärte ihm Herr Taschenbier.
»Du hast gesagt, wir fliegen aus«, protestierte das Sams und streckte den Kopf aus dem Rucksack.
»Ich habe gesagt, wir machen einen Ausflug, das ist etwas anderes. Und jetzt wünsche ich, dass du still bist«, sagte Herr Taschenbier und band den Rucksack zu. Dann zog er sich an, schnallte den Rucksack mit dem Sams darin auf den Rücken und ging leise hinaus.
Als er durch den Flur schlich, blieb er plötzlich wie angewurzelt stehen. Er traute seinen Augen nicht: Oben auf dem großen Flurschrank saß Frau Rotkohl, den Putzlappen in der Hand.

»Was suchen Sie denn auf dem Schrank, Frau Rotkohl?«, fragte Herr Taschenbier entgeistert.
»Fragen Sie nicht so dumm, helfen Sie mir lieber hinunter«, sagte sie säuerlich. »Ich wollte hier oben sauber machen, da ist mir die Leiter umgefallen.«
Herr Taschenbier hob grinsend die Leiter wieder auf und stellte sie gegen den Schrank. Frau Rotkohl stieg mit mürrischem Gesicht herunter, nahm ihren Eimer und verschwand in der Küche, wo sie krachend die Tür zuschlug.
Herr Taschenbier konnte ungestört aus dem Haus gehen, wanderte die Straßen entlang, bis er draußen vor der Stadt war, und dann noch eine Weile auf einem Feldweg weiter. Schließlich setzte er den Rucksack ab und ließ das Sams heraus.
»Schöne Steine«, stellte das Sams gleich fest und nagte einen Feldstein nach dem anderen an.
»Am besten, du isst dich hier satt, und ich gehe so lange in ein Waldcafé. So kann jeder das essen, was ihm schmeckt«, schlug Herr Taschenbier vor.
»Einverstanden«, sagte das Sams und nickte.
Als Herr Taschenbier nach einer Weile zurückblickte, saß es auf dem Rucksack, den er liegen gelassen hatte, und winkte ihm mit einem großen Stock zu. »Ist aus Holz«, schrie es begeistert, »schmeckt gut. Wie Knabberstangen.«

Im Weitergehen hörte er das Sams singen:

»Knabberstangen,
Klapperschlangen,
Blumenvasen,
Teppichrasen,
Möbelbeine,
Mauersteine,
Jackenkragen,
Kinderwagen,
Taschentuch und Hut
schmecken mir so gut.«

Herr Taschenbier wanderte noch einen halben Kilometer weiter bis zu einem Waldcafé. Dort bestellte er sich erst etwas zu essen, dann trank er ein Bier und dachte nach.

Als er das Bier ausgetrunken hatte, bestellte er noch eines. Das tat Herr Taschenbier sonst nie. Und während er vor seinem zweiten Bier saß, dachte er weiter nach.

Er dachte daran, dass das Sams immer so laut war und nie Mund halten konnte. Er dachte daran, dass ihn Frau Rotkohl vor die Tür setzen würde, wenn sie das Sams in seinem Zimmer entdeckte. Er dachte daran, dass es nicht einmal vor seinem Papierkorb und sei-

ner Blumenvase haltmachte. Dass es womöglich noch den Tisch, den Stuhl und das Bett auffressen würde.
Und als er das alles gedacht hatte, sagte er zu sich selber: »Es ist unmöglich, ich kann dieses Sams nicht behalten, so leid es mir tut.« Dann bezahlte er und ging zum Hinterausgang hinaus.
Von dort schlich er sich in den Wald, machte einen riesigen Bogen um die ganze Stadt herum, kam von der entgegengesetzten Seite wieder hinein und erreichte gegen Abend müde und mit furchtbar schlechtem Gewissen das Haus, in dem er wohnte.
Leise schloss er die Haustür auf, gelangte unbemerkt in sein Zimmer, verriegelte die Tür und knipste das Licht an. Dann zog er sich aus, stellte den Wecker und schlug die Bettdecke zurück.
Auf seinem Kopfkissen lag das Sams und schlief!

»Da bist du ja endlich, Papa«, murmelte es. »Hast du dich verlaufen?«
»Wie kommst du denn ins Zimmer?«, stotterte Herr Taschenbier fassungslos.
»Das Fenster war offen, da bin ich reingeklettert«, erklärte das Sams. »Den Rucksack habe ich mitgebracht. Er liegt im Schrank.«
»Hat dich keiner dabei gesehen?«, fragte Herr Taschenbier.
»Keiner!«, versicherte das Sams. Nach einer Weile sagte es kleinlaut: »Ich hab was Schlimmes gemacht, Papa.«
»Was denn, um Gottes willen?«
»Ich hab aus Versehen den Fenstergriff aufgegessen. Er hat so gut gerochen.«
»Auf den kommt es jetzt auch nicht mehr an«, sagte Herr Taschenbier, schob das Sams etwas beiseite und legte sich ins Bett.
»War aus Eisen«, murmelte das Sams. »Hat sehr gut geschmeckt.«
Herr Taschenbier knipste das Licht aus.
Dann schliefen beide ein.

Montag

der 7. Mai

Am Montagmorgen wurden beide durch das Klingeln des Weckers geweckt. Das Sams war sofort hellwach, setzte sich auf und rief: »So früh gehen wir ins Kaufhaus?«

»Was heißt da Kaufhaus, ich muss ins Büro«, berichtigte Herr Taschenbier, während er aus dem Bett stieg.

»Du hast doch versprochen, dass du mir heute was zum Anziehen kaufst«, protestierte das Sams.

»Aber nicht heute Morgen. Nach der Arbeit.«

»Gehst du denn gern ins Büro?«, fragte das Sams. »Wünschst du denn nicht, dass du heute nicht arbeiten musst?«

»Natürlich wünscht man sich das immer, besonders am Montag«, lachte Herr Taschenbier.

»Ich frage nicht, ob man es wünscht, sondern ob du es dir wünschst«, fuhr das Sams beharrlich fort.

»Natürlich«, sagte Herr Taschenbier. »Aber was nützt mir das. Du musst heute im Zimmer bleiben. Ich kann dich nicht ins Büro mitnehmen. Du weißt: Wenn dich Frau Rotkohl entdeckt, fliegen wir beide raus.«

»Ich bin ganz leise, Papa«, versprach das Sams. »Ich verstecke mich im Schrank.«
»Dann wünsche ich allerdings, dass du nicht meine ganzen Kleider auffrisst, während ich weg bin«, sagte Herr Taschenbier streng. Darauf machte er sich fertig und fuhr mit der Straßenbahn ins Büro.
Das Büro war abgeschlossen. Herr Taschenbier ging quer über den Hof. Dort stand das Wohnhaus von Herrn Oberstein, seinem Chef.
Herr Taschenbier klopfte einmal, klopfte ein zweites Mal, und als ihn immer noch keiner hereinbat, ging er einfach hinein.
Im Wohnzimmer fand er dann seinen Chef.
Auf dem Boden lag der Inhalt von mindestens zwanzig Schachteln, die leer herumstanden. Auf dem Sofa waren die Bücher übereinandergestapelt. Auf dem Schreibtisch standen die Stühle. Die Lampe hatte man abgeschraubt; sie stand zusammen mit den Tassen und Tellern auf dem Schrank. Auf dem Tisch schließlich lag das Bettzeug, und dazwischen saß der Chef und wühlte gerade in seinem Kopfkissen, dass die Federn flogen.
»Was soll denn das bedeuten?«, fragte Herr Taschenbier.
»Bedeuten, bedeuten!«, schrie Herr Oberstein wütend. »Ich suche immer noch nach dem blödsinnigen

Schreibtischschlüssel. Solange ich den nicht finde, kann ich nicht den blödsinnigen Schrank aufschließen und den blödsinnigen Büroschlüssel herausholen.«

»Soll ich Ihnen suchen helfen?«, fragte Herr Taschenbier.

»Sie machen mich nur nervös. Sehen Sie zu, dass Sie nach Hause kommen!«, sagte Herr Oberstein mürrisch.

»Mit dem größten Vergnügen«, erwiderte Herr Taschenbier, verbeugte sich und fuhr nach Hause.

Das Sams war überhaupt nicht überrascht, als Herr Taschenbier gleich darauf zurückkam. Es hopste aus dem Schrank und quietschte:

»Kaufhaus, Kaufhaus, wir gehen jetzt ins Kaufhaus!«

»Meinetwegen«, stimmte Herr Taschenbier zu. Er war gut gelaunt, weil er nicht arbeiten musste.

»Bekomme ich was zum Anziehen?«, fragte das Sams aufgeregt.

»Ja«, sagte Herr Taschenbier, »ich weiß nur noch nicht, wie ich dich hineinbringen soll.«

»Natürlich im Rucksack«, sagte das Sams. »Kängurus tragen ihre Kinder auch immer im Beutel.«

Es stieg in den Rucksack, Herr Taschenbier schulterte ihn, und sie fuhren zusammen in der Straßenbahn zum Kaufhaus.

Es war ein riesiges Gebäude mit drei Eingängen, acht

Rolltreppen, zwanzig Schaufenstern und Hunderten von Verkaufstischen.

Herr Taschenbier fühlte sich ein wenig unbehaglich, als er sich mit prall gefülltem Rucksack durch die vielen Leute im Erdgeschoss drängte und auf der Rolltreppe nach oben fuhr. Er war der einzige Mensch, der einen Rucksack trug, und hatte Angst, man könne ihn für einen Ladendieb halten.

Im ersten Obergeschoss fand er die Abteilung, über der in großen Buchstaben »Kinder-Bekleidung« stand, blieb stehen und blickte sich um.

Sofort kam ein Verkäufer auf ihn zugestürzt und fragte:

»Kann ich Ihnen behilflich sein?«

»Ich hätte gern etwas anzuziehen«, sagte Herr Taschenbier.

»Anzug, Jacke oder Hose?«, fragte der andere. Er gehörte zu der Sorte Verkäufer, die ununterbrochen lächeln und für jede Gelegenheit einen passenden Spruch bereithaben. Natürlich war er besonders schick gekleidet.

»Eigentlich alles ...«, sagte Herr Taschenbier ein wenig ratlos.

»Großartig, da sind Sie bei uns gerade richtig. Nur muss ich Sie bitten, mir zu folgen, der Herr. Hier ist nämlich die Kinderabteilung.«

»Es ist ja nicht für mich«, erklärte Herr Taschenbier.
»Nicht für Sie?«, fragte der Verkäufer und sah sich nach einem Kind um.
Herr Taschenbier setzte den Rucksack ab, schnürte ihn auf und hob das Sams heraus.
»Nein, für das da!«, erwiderte er.
Als der Verkäufer das Sams sah, machte er den Mund vor Verblüffung so weit auf, dass er nicht mehr lächeln konnte. Aber gleich darauf hatte er sich wieder gefasst.
»Ein hübsches Kind haben Sie da in Ihrem Rucksack, wirklich niedlich. Ist das ein Junge oder ein Mädchen?«, fragte er.

Ratlos beugte sich Herr Taschenbier hinunter und fragte:
»Bist du ein Junge oder ein Mädchen?«
Das Sams zog seinen Kopf ganz dicht heran und flüsterte ihm ins Ohr: »Ich bin ein Sams, das weißt du doch, Papa.«
»Na ja, sagen wir mal: ein Junge«, erklärte Herr Taschenbier dem Verkäufer. Für irgendetwas musste er sich ja entscheiden.
»Sagen wir mal: ein Junge, ganz recht«, wiederholte der Verkäufer mit starrem Lächeln. »Welcher Vater weiß das auch schon genau. Dann soll er einmal mit mir kommen, der Junge!«
Aber das Sams war im Augenblick zu beschäftigt, um mitzukommen. Es stand zwischen den Verkaufstischen, betrachtete die Leute, die mit der Rolltreppe nach oben fuhren, schnupperte nach allen Richtungen und hörte auf die Musik, die aus den Lautsprechern kam.
»Schön hier, Papa«, sagte es und verdrehte die Augen.
Aus den Lautsprechern ertönte ein Gongschlag, und eine weibliche Stimme sagte: »Vergessen Sie nicht, Käse aus Holland mitzunehmen! Unser Sonderangebot: Käse aus Holland.«
»Käse? Was ist denn das?«, fragte das Sams mit großen Augen.

»Du weißt nicht, was Käse ist?«, fragte der Verkäufer erstaunt.
Das Sams schüttelte den Kopf.
»Unten, in der Lebensmittelabteilung, liegen auf einem Tisch so große, rote Kugeln. Das ist Käse, Kleiner«, erklärte der Verkäufer.
»Kugelkäse!«, rief das Sams, rannte zur Rolltreppe und fuhr hinab.
Gleich darauf hörte man von unten einen lauten Schrei, dann kam das Sams wieder heraufgefahren mit einer riesigen Käsekugel in den Händen.
»Schmeckt gut«, rief es schon von Weitem und biss kräftig hinein.
Der Verkäufer stürzte auf es zu, packte es und riss ihm die Käsekugel weg.
»Das ist glatter Diebstahl«, schrie er. »Du kannst doch nicht einfach den Käse mitnehmen.«
»Die Frau da oben hat doch gesagt, wir sollen nicht vergessen, ihn mitzunehmen«, verteidigte sich das Sams und zeigte an die Decke, wo die Lautsprecherstimme erklungen war.
»Dummes Zeug! Sie hat gemeint, man soll ihn kaufen«, schimpfte der Verkäufer.
»Davon hat sie aber nichts gesagt«, maulte das Sams.
»Schluss jetzt! Der Käse wird bezahlt, oder ich hole die Polizei«, drohte der Verkäufer Herrn Taschenbier.

»Schreien Sie nicht so. Ich werde Ihren Käse bezahlen«, beschwichtigte ihn Herr Taschenbier. »Der Kleine ist eben zum ersten Mal im Kaufhaus und kennt sich noch nicht aus.«
»Wenn Sie zahlen, werde ich den Vorfall natürlich vergessen«, sagte der Verkäufer und legte die Käsekugel auf einen Stuhl. Er bemühte sich, wieder zu lächeln. »Schließlich ist bei uns der Kunde König. Jetzt wollen wir den Jungen aber endlich einkleiden.«
»Wer ist König?«, fragte das Sams.
»Der Kunde!«, erklärte der Verkäufer.
»Was ist das, ein Kunde?«, fragte das Sams weiter.
»Jeder, der bei uns kauft, ist ein Kunde.«
»Dann bin ich auch ein Kunde?«
»Klar!«
»Du, Papa, ich bin König!«, schrie das Sams begeistert. »Ich will eine Krone haben.«
»Red nicht so einen Unsinn! Du wirst eine Mütze aufsetzen wie jeder normale Junge«, sagte der Verkäufer und ging voran zu einem Kleiderständer.

Das Sams hatte schon wieder etwas Neues entdeckt. Auf einem Verkaufstisch vor der Kleiderabteilung lagen Cowboyhüte und Indianerkopfschmuck. Es setzte sich eine Federkrone aus bunten Federn auf, tanzte herum und schrie: »Die Mütze gefällt mir, Papa. Die will ich haben!«

»So was trägt man nur zum Fasching«, sagte der Verkäufer, nahm ihm die Federkrone ab und warf sie auf den Tisch zurück.

»Wenn es ihm doch gefällt«, wandte Herr Taschenbier ein.

»Der Junge braucht was Ordentliches«, bestimmte der Verkäufer. »Wir werden schon das Passende finden.«

Damit nahm er das widerstrebende Sams fest beim Arm und zog es mit zur Umkleidekabine. »Da würde ich erst einmal diesen Anzug vorschlagen«, sagte er dort und zeigte Herrn Taschenbier einen dunkelbraunen Anzug aus glänzendem Stoff. Und zum Sams sagte er: »Schlüpf hinein, Junge!«

Das Sams blieb stocksteif stehen und rührte sich nicht.

»Willst du nicht hineinschlüpfen, Junge?«, fragte der Verkäufer ärgerlich, lächelte aber gleich darauf Herrn Taschenbier zu.

»So werde ich nicht angeredet«, sagte das Sams.

»Wie denn dann?«

»Zu einem König sagt man ›Majestät‹«, erklärte das Sams hoheitsvoll.

»Jetzt werde nur nicht frech, Junge«, erwiderte der Verkäufer und hob drohend den Zeigefinger.

»Vielleicht versuchen Sie es doch einmal mit ›Majestät‹«, mischte sich Herr Taschenbier ein. »Wissen Sie, der Kleine glaubt eben alles, was man ihm erzählt.«

»Meinen Sie das im Ernst?«, fragte der Verkäufer, holte ein geblümtes Taschentuch aus der Jackentasche und tupfte sich die Stirn ab. Dann gab er sich einen Ruck und sagte: »Würden Majestät einmal in den Anzug schlüpfen?«

Das Sams blieb weiter stocksteif stehen und sagte: »Da brauche ich gar nicht hineinzuschlüpfen. Der ist zu groß.«

»Du kannst mir glauben, mein Junge, dass der Anzug passt«, sagte der Verkäufer ärgerlich. »Ich bin schon vierzehn Jahre hier tätig und habe langsam einen Blick dafür.«

Das Sams begann, den Anzug anzuziehen. Während es sich anzog, atmete es ganz langsam aus und hielt dann die Luft an. So wurde es dünn wie ein Besenstiel. Hose und Jacke schlackerten an ihm herum wie an einer Vogelscheuche.

»Der ist zu groß«, stellte Herr Taschenbier fest.

»Vielleicht ist er wirklich etwas reichlich«, musste der Verkäufer zugeben. Er kam mit einem dunkelblauen kleineren Anzug und hielt ihn dem Sams hin.

»Da, schlüpf hinein, der passt bestimmt!«, sagte er dabei.

»Wie heißt das?«, fragte das Sams zurechtweisend.
Der Verkäufer kochte innerlich.
»Schlüpfen Sie einmal hinein, Majestät«, verbesserte er sich.
Das Sams tat es. Es hielt immer noch die Luft an.
»Darf man in diesem Anzug auch einatmen?«, fragte es scheinheilig.
»Aber natürlich, Majestät. Was für eine dumme Frage«, antwortete der Verkäufer.
Das Sams holte tief Luft, sein Trommelbauch wölbte sich nach außen, es krachte, und der dunkelblaue Anzug war von oben bis unten entzweigerissen.
»Schlechter Stoff«, stellte das Sams fest. »Nichts zum Anziehen, höchstens zum Essen.«
»Was hast du denn mit dem Anzug gemacht?«, fragte der Verkäufer entsetzt. Zum zweiten Mal zog er sein schönes Taschentuch heraus und fuhr sich über die Stirn.
»Nichts«, sagte das Sams. »Ich habe nur eingeatmet.«
Der Verkäufer blickte sich um und versteckte den zerrissenen Anzug im Papierkorb. Gleich darauf brachte er einen neuen Anzug. Diesmal einen dunkelgrünen.
»Hier, Majestät, probieren Sie den einmal«, sagte er matt und reichte ihn dem Sams.
Das zog ihn an und fragte: »Darf man in diesem Anzug auch einatmen?«

»Nein, Majestät, um Himmels willen nicht!«, rief der Verkäufer verzweifelt.
In diesem Augenblick ging gerade der Abteilungsleiter vorbei. Er war viel dicker als der Verkäufer, hatte einen noch schöneren Anzug an und trug zwei goldene Ringe und eine dunkle Hornbrille. Er hatte den Verkäufer gehört und kam nun neugierig näher.
»Haben wir einen hohen Gast?«, flüsterte er und deutete auf die Umkleidekabine. Ehe der Verkäufer antworten konnte, streckte das Sams seinen Kopf heraus und rief: »Nein, er nennt mich immer ›Majestät‹.«
»Dich?«, fragte der Abteilungsleiter und zog erstaunt die Augenbrauen hoch.
»Er hat mir auch verboten einzuatmen«, fuhr das Sams fort.
»Ist das wahr?«, rief der Abteilungsleiter.
»Außerdem hat er einen zerrissenen Anzug in den Papierkorb geschmissen«, fügte das Sams noch hinzu.
Der Abteilungsleiter bückte sich, kramte im Papierkorb und zog eine halbe Hose heraus.
»Unglaublich«, rief er. »Sagt ›Majestät‹ zu kleinen Kindern, verbietet ihnen einzuatmen und zerreißt Anzüge! Sie gehen sofort zum Nervenarzt und lassen sich untersuchen!«
»Aber Herr Abteilungs…«, konnte der Verkäufer nur sagen, denn der Abteilungsleiter fiel ihm ins Wort.

»Keine Widerrede! Sie gehen sofort zum Arzt, oder Sie sind entlassen!«, brüllte er. Der Verkäufer machte eine Verbeugung und verschwand.
»Darf ich jetzt eigentlich einatmen oder nicht?«, mischte sich das Sams wieder ein.
»Aber natürlich, mein Kleiner«, sagte der Abteilungsleiter lachend und klopfte dem Sams auf die Wange.
Das Sams holte so tief Luft, wie es konnte, der Bauch spannte sich, und – peng – auch der dunkelgrüne Anzug platzte.
»Was hast du da gemacht?«, schrie der Abteilungsleiter zornig.
»Er hat nur eingeatmet. Er hat Sie vorher gefragt«, stellte Herr Taschenbier fest, und das Sams nickte dazu.
Jetzt zog der Abteilungsleiter ein Einstecktüchlein heraus und wischte sich die Schweißtropfen von der Stirn. Dann schaute er sich um und stopfte die Reste des dunkelgrünen Anzugs zu den Resten des dunkelblauen in den Papierkorb.
»Ich würde in diesem besonderen Fall Lederhosen vorschlagen«, sagte er dann und kam mit dicken, ledernen Hosen wieder. »Lederhosen sind reißfest.«
»Sind sie auch beißfest?«, fragte das Sams interessiert.
»Kannst es ja mal ausprobieren, Kleiner«, sagte der

Abteilungsleiter spöttisch. »Da würdest du dir allerdings die Zähne ausbeißen.«
Das Sams nahm die Lederhose, schnupperte daran, biss ein Hosenbein ab und schluckte es hinunter.
»Schmeckt gut«, stellte es fest. »Ist aus Rindsleder.«
»Wirst du wohl die Hose ganz lassen!«, schrie der Abteilungsleiter und riss sie ihm aus der Hand.
»Du hast es doch erlaubt«, wunderte sich das Sams.
»Ja, das haben Sie«, bestätigte auch Herr Taschenbier.
Wütend knüllte der Abteilungsleiter die Lederhose zusammen und warf sie zu den Anzügen in den Papierkorb. Dann verschwand er, und es dauerte eine ganze Weile, bis er wiederkam. Er hatte einen Taucheranzug aus Gummi aus der Sportabteilung geholt.
»So«, sagte er, »der wird auf jeden Fall passen. Gummi dehnt sich.«
»Das ist ja ein Taucheranzug«, sagte Herr Taschenbier verwundert.
»Was haben Sie dagegen?«, fragte der Abteilungsleiter. »Schließlich ist das unser neuestes Modell, brandneu!«
»Brandneu?«, fragte das Sams. »Wo brennt es denn?«
»Hier brennt es«, antwortete der Abteilungsleiter und tippte sich mit dem Finger an die Stirn.
»Es brennt, es brennt!«, rief das Sams sofort. »Bei diesem Herrn hier brennt es!«

Eine Verkäuferin aus der Nachbar-Abteilung hörte es und rief aufgeregt zurück: »Wo denn? Unternimmt denn keiner was? Feuer, Feuer!«

»Feuer, Feuer!«, schrie ein Kunde, der neben ihr gestanden hatte, und rannte zur Rolltreppe.

»Ruhe! Was soll der Unsinn«, schimpfte der Abteilungsleiter und eilte dem Kunden nach.

»Feuer, Feuer!«, wiederholte das Sams begeistert, hüpfte hin und her und sang:

»Feuer, Feuer,
ungeheuer
heißes Feuer!
Kommt und rennt,
denn es brennt!
Leute, Leute,
kommt gerannt!
Dieser Herr
ist angebrannt.«

»Bist du still, du kleine Kröte!«, schimpfte der Abteilungsleiter und kam wieder zurückgerannt.

»Du hast es doch selber gesagt«, sagte das Sams. »Was war denn jetzt schon wieder falsch?«

Im Nu hatte sich der Alarmruf im Kaufhaus fortgepflanzt. Aus allen Abteilungen hörte man schon

»Feuer, Feuer!« rufen. Ein geistesgegenwärtiger Verkäufer hatte die Alarmanlage eingestellt, ein anderer kam mit einem Wasserschlauch gerannt.
»Au fein, Wasser«, sagte das Sams zufrieden, als es ihn sah, und schlüpfte in seinen Gummianzug. »Da kann ich gleich tauchen.«
»Ruhe, alles Unsinn!«, schrie währenddessen der Abteilungsleiter und rannte wie ein aufgescheuchtes Huhn hin und her. »Sofort die Alarmanlage abstellen! Schlauch weg! Alles stehen bleiben. Keiner rührt sich!«
Niemand hörte auf ihn.
»Wo brennt es denn?«, fragte der Verkäufer mit dem Wasserschlauch tatendurstig.
»Bei dem Herrn dort«, rief das Sams und wies auf den schreienden Abteilungsleiter.
»Verschwinde!«, brüllte der in höchstem Zorn, ergriff die Käsekugel, die noch auf dem Stuhl lag, und warf sie nach dem Sams.
»Tooor!«, schrie das Sams, bückte sich, die Kugel flog in hohem Bogen über die Rolltreppe ins Erdgeschoss und landete krachend auf einem Verkaufstisch, auf dem Bonbons, Schokolade, Kaugummis und andere Süßigkeiten aufgetürmt waren. Die Sachen wurden meterweit durch die Luft geschleudert und kullerten durch das ganze Erdgeschoss. Darüber freuten sich

natürlich all die Kinder, die von ihren Müttern oder Vätern gerade aus dem Kaufhaus gezogen wurden. Sie kümmerten sich überhaupt nicht mehr um den Feueralarm, sammelten die Sachen vom Boden auf und steckten sich Mund und Taschen voll. Kein Verkäufer hinderte sie daran, denn alle liefen kopflos durcheinander. Einige suchten nach der Brandstelle, um das Feuer zu löschen, andere flüchteten vor den nicht vorhandenen Flammen auf die Straße. In der allgemeinen Aufregung wurden Verkaufstische umgestoßen, Glas klirrte, Töpfe schepperten, manche Leute schrien, andere lachten, dazwischen hockten die Kinder, die eifrig Süßigkeiten vom Boden auflasen, und zu alledem klingelte schrill die Alarmanlage.
»Sehr schön!« Das Sams strahlte. »Sehr schönes Durcheinander hier.«

Herr Taschenbier, der sich alles von oben ansah, glaubte, damit sei das Kaufhaus gemeint, und nickte mit dem Kopf. Aber das Sams hatte vom Inhalt des Papierkorbs gesprochen. Ehe Herr Taschenbier etwas sagen konnte, hatte es den Korb hochgehoben und die Anzüge mitsamt der Lederhose ins Maul gekippt.
»Schmeckt gut«, stellte es kauend fest. »Stoffgemüse mit Lederknödeln.«
Herr Taschenbier fasste das Sams an der Hand und zog es durch das Gewimmel nach draußen, ehe es noch mehr Appetit bekam. Als sie aus der Tür traten, stoppten gerade zwei Polizeiautos und sieben Feuerwehrwagen vor dem Kaufhaus.
Das Sams strich seinen Taucheranzug glatt, kletterte auf Herrn Taschenbiers Arm, während die Feuerwehrleute mit Leitern und Wasserschläuchen an ihnen vorbeistürmten, und sagte hingerissen:
»Also, Papa, ich habe mir das Kaufhaus schon schön vorgestellt. Aber dass es dort sooo schön ist, hätte ich niemals nicht gedacht!«

Dienstag

der 8. Mai

Am Dienstagmorgen wachten beide wieder durch das Weckerklingeln auf.

»Gehn wir einkaufen?«, fragte das Sams und stieg aus dem Bett.

»Was willst du denn schon wieder kaufen?«, fragte Herr Taschenbier zurück.

»Was zu essen«, sagte das Sams. »Käse, Lederhosen, Schokolade, Blumenvasen, Kaugummis und ein paar Anzüge.«

»Das würde dir so passen. Heute gehe ich ins Büro. Du bleibst im Zimmer.«

»Ich denke, der Chef hat den Schlüssel verloren?«

»Vielleicht hat er ihn wiedergefunden.«

»Ist mir aber zu langweilig, den ganzen Tag im Zimmer.«

»Du musst im Zimmer bleiben, sonst sieht dich Frau Rotkohl.«

»Soll sie mich ruhig sehn. Ich bin doch jetzt ein Junge. Ich habe einen Anzug«, sagte das Sams stolz.

Herr Taschenbier betrachtete es prüfend.

»Du bist ja ein ganzes Stück größer geworden«, meinte er verwundert. »Vorgestern warst du noch sehr viel kleiner. Wie kommt das? Ich glaube, heute würdest du nicht einmal mehr in den Rucksack passen.«
»Ist doch klar, Papa!« Das Sams lachte. »Samse wachsen an einem Tag genauso viel wie andere Kinder in einem Jahr. Das weiß man doch!«
»An einem Tag?«, wiederholte Herr Taschenbier. »Gut, dass wir einen Gummianzug gekauft haben.«
»Warum soll das gut sein?«, fragte das Sams.
»Ist doch klar: weil er sich dehnt«, erklärte Herr Taschenbier. »So müssen wir nicht jeden Tag einen größeren kaufen. Höchste Zeit, dass ich dich Frau Rotkohl vorstelle. Sonst bist du mir am Ende schon über den Kopf gewachsen. Wie nenne ich dich nur? Ich kann doch nicht einfach sagen: Der Junge hier heißt Sams.«
»Da hast du recht. Wie soll ich denn heißen?«
»Vielleicht Udo«, schlug Herr Taschenbier vor.
»Das ist viel zu lang für ein Sams«, sagte das Sams.
»Weißt du einen kürzeren?«
Das Sams nickte. »Robinson!«
Herr Taschenbier schüttelte unwillig den Kopf und sagte: »Erstens ist ›Robinson‹ noch länger als ›Udo‹. Zweitens ist das ein viel zu ausgefallener Name.«
»Und drittens heiße ich Robinson, und damit basta!«, sagte das Sams und zog seinen Gummianzug an.

»Wie du willst«, erwiderte Herr Taschenbier und schlüpfte ebenfalls in seine Kleider. »Du kannst ja auf den Spielplatz gehen, wenn du dich langweilst.«
»Mag aber nicht spielen«, sagte das Sams.
»Dann kannst du vielleicht irgendetwas arbeiten.«
»Mag aber nicht arbeiten«, maulte das Sams.
»Dann musst du dich eben langweilen.«
»Mag mich nicht langweilen«, erwiderte das Sams.
»Kannst du mir verraten, was du überhaupt magst?«, fragte Herr Taschenbier gereizt.
»Ich mag ins Büro gehen«, sagte das Sams und schaute ihn bittend an.
»Das kommt überhaupt nicht infrage. Entweder du bleibst im Zimmer, oder du gehst spielen«, bestimmte Herr Taschenbier. »Und jetzt wird gefrühstückt.«
Sie gingen gemeinsam in die Küche und machten sich ein Frühstück. Um diese Zeit schlief Frau Rotkohl gewöhnlich noch. Aber heute saßen Herr Taschenbier und das Sams kaum am Tisch, als schon die Küchentür aufgerissen wurde und Frau Rotkohl im Morgenrock hereinkam.
»Sie reden ja mit jemandem, Herr Taschenbier«, rief sie und schaute sich in der Küche um.
Das Sams saß auf einem Stuhl an der anderen Seite des Tisches und hatte schnell den Kopf unter die Tischplatte gesteckt, als die Tür aufging.

»Frau Grünkohl, Frau Grünkohl«, piepste es von da unten.
»Was erlauben Sie sich, Herr Taschenbier«, fuhr Frau Rotkohl ihren Mieter an.
»Ich sage doch überhaupt nichts«, verteidigte der sich und versuchte das Sams mit dem Fuß anzustoßen, um es zum Schweigen zu bringen.
»Frau Blaukohl, Frau Blaukohl«, piepste währenddessen das Sams von seinem Versteck aus.
Frau Rotkohl rannte um den Tisch herum, fasste nach unten, erwischte das Sams bei den Haaren und zog es herauf.
»Huch!«, schrie sie entsetzt und ließ es wieder los. »Was ist denn das?«
»Robinson!«, schrie das Sams und wackelte mit den Ohren. »Robinson Taschenbier!«
»Robinson Taschenbier?«, fragte Frau Rotkohl verblüfft.
»Darf ... darf ich Ihnen meinen Neffen vorstellen«, stotterte Herr Taschenbier und zeigte auf das Sams. »Der kleine Robinson wollte so gern einmal seinen Onkel besuchen.«
»Der will bei Ihnen bleiben?«, fragte Frau Rotkohl. »Das erlaube ich nie und nimmer.«
»Ich würde natürlich mehr Miete bezahlen«, sagte Herr Taschenbier.

»Mehr Miete?«, fragte sie. »Na gut, dann kann er bleiben. Er muss sich aber vorher waschen. Er hat ja lauter blaue Flecken im Gesicht. Geh sofort ins Bad und wasch dir dein Gesicht! Aber wehe, du benutzt mein Handtuch! Du kannst dich ja an der Luft trocknen lassen. Und diese Nase erst. Entsetzlich! Wie ein Schweinerüssel. Das kommt bestimmt davon, weil du in der Nase gebohrt hast. Und dass du ordentlich gekämmt bist, wenn du aus dem Bad kommst, verstanden? Was trägst du überhaupt für einen komischen Anzug, schämst du dich nicht, so herumzulaufen? Hast du keinen Pullover, Robinson? Kannst du nicht antworten, wenn dich ein Erwachsener etwas fragt?«
Das Sams stieg von seinem Stuhl herunter, ging stumm zur Tür hinaus und verschwand im Badezimmer. Sie hörten das Wasser plätschern, dann kam das Sams zurück und stellte sich vor Frau Rotkohl auf.
»Was soll das?«, schimpfte sie. »Du willst mir doch nicht erzählen, dass du dich in dieser halben Minute gewaschen hast, Robinson? Du hast ja immer noch blaue Flecken im Gesicht. Wieso hast du denn die Backen so aufgeblasen? Was hast du denn im Mund? Zeig sofort, was du im Mund hast, Robinson!«
Das Sams winkte ihr mit dem Finger, Frau Rotkohl beugte sich hinunter. Das Sams winkte sie noch näher heran, und als das Gesicht von Frau Rotkohl etwa in

gleicher Höhe war wie seines, machte das Sams »pfff« und prustete Frau Rotkohl ungefähr drei Liter Wasser ins Gesicht.
»Hast du jetzt gesehen, was im Mund war?«, fragte es, als seine Backen leer waren. »Das war Wasser.«
Ehe sich Frau Rotkohl von ihrem Schreck erholt hatte, machte das Sams eine höfliche Verbeugung, sagte: »Auf Wiedersehen, Frau Rotkohl, viel Vergnügen, Frau Rotkohl, habe die Ehre, Frau Rotkohl«, und ging aus der Küche. Frau Rotkohl hatte sich gerade gefasst und wollte losschimpfen, da ging die Küchentür noch einmal auf, das Sams streckte seinen Kopf herein und sagte: »Und nicht so viel Zigarren rauchen, Frau Rotkohl, das schadet den Gardinen!«
Damit drehte es sich um und rannte aus dem Haus.
»So ein unverschämtes Kind!« Der Junge setzt mir seinen Fuß nicht mehr in dieses Haus. Schämen Sie sich, Sie Onkel, Sie!«, schimpfte Frau Rotkohl. »Holen Sie sofort ein Handtuch, was sitzen Sie hier herum und grinsen! Schnell, oder Sie fliegen raus!«
Herr Taschenbier brachte ein Handtuch aus dem Bad und reichte es ihr. Dann holte er seine Aktentasche aus dem Zimmer und ging. Vor der Haustür schien ihm noch etwas einzufallen. Grinsend ging er zur Küche zurück, steckte den Kopf durch die Tür und sagte höflich:

»Auf Wiedersehen, Frau Rotkohl, viel Vergnügen, Frau Rotkohl, habe die Ehre, Frau Rotkohl!«
»Seien Sie still!«, schrie sie und warf mit dem Handtuch nach ihm.
»Aber Frau Rotkohl!«, sagte er und hob das Handtuch auf. »Seit wann darf man sich von Ihnen nicht höflich verabschieden?«
Und ehe sie etwas erwidern konnte, drehte er sich um und ging pfeifend aus dem Haus. Draußen blickte er sich um, aber vom Sams war keine Spur zu sehen. Nach einer Weile kam seine Straßenbahn. Er stieg ein, setzte sich auf einen der vorderen Plätze und begann Zeitung zu lesen. An der nächsten Haltestelle stiegen viele Leute zu. Hinten beim

Schaffner war ein großes Gedränge. Und aus diesem Gedränge hörte er plötzlich eine durchdringende Stimme: »Ich will eine Fahrkarte.«
»Wohin denn?«, fragte der Schaffner.
»In die Hand«, sagte die gleiche hohe Stimme.

Herr Taschenbier sprang auf. Sollte das Sams hier im Wagen sein? Das war unmöglich. Er musste sich getäuscht haben! Schließlich gab es ja viele ähnliche Stimmen.
»Wohin du fahren willst«, sagte der Schaffner.
»Ins Büro«, erklärte die Stimme. Die umstehenden Leute lachten.
»Zeig mal dein Geld!«, forderte der Schaffner barsch.
»Warum?«, fragte die hohe Stimme. »Weißt du nicht, wie Geld aussieht?«
»Jetzt reicht's mir aber«, schimpfte der Schaffner los.
»Zahlst du nun oder nicht?«

Statt einer Antwort hörte Herr Taschenbier ein Klirren. Dann stellte die hohe Stimme zufrieden fest:
»Schmeckt gut. Ist aus Metall.«
»Jetzt hat mir doch dieses unverschämte Kind mein Wechselgeld aufgefressen«, schrie gleich darauf der Schaffner. »Kommst du her, kommst du sofort her!«
Für Herrn Taschenbier gab es jetzt keinen Zweifel mehr. Er drängte sich nach hinten durch. In diesem Augenblick hielt die Straßenbahn. Jemand wurde durch den Ruck nach vorn geschleudert, fiel gegen Herrn Taschenbiers Knie, hielt sich daran fest und schrie begeistert:

»Papa! Da bist du ja, Papa!«
Es war das Sams.
»Schnell raus hier!«, rief Herr Taschenbier, sprang aus der Straßenbahn und zog das Sams hinter sich her. Ehe der Schaffner etwas unternehmen konnte, hatten sich die Türen automatisch geschlossen und die Straßenbahn fuhr weiter.
»Da haben wir aber Glück gehabt, Papa«, stellte das Sams fest.
»Wenn du so weitermachst, landen wir beide noch im Gefängnis«, schimpfte Herr Taschenbier. »Wieso fährst du überhaupt mit der Straßenbahn?«
»Ich wollte zu dir ins Büro«, sagte das Sams kleinlaut.
»Das habe ich dir doch verboten. Du gehst jetzt wieder nach Hause!«
»Zu der ollen Rotkohl?«
»Na ja, dann meinetwegen auf den Spielplatz.«
»Mag aber nicht.«
»Ich gehe allein ins Büro, und dabei bleibt es. Was du machst, ist mir egal«, bestimmte Herr Taschenbier, ließ das Sams stehen und ging.
An der nächsten Straßenkreuzung drehte er sich um und schaute zurück. Das Sams folgte ihm nicht, sondern stand noch immer an der Stelle, wo er es zurückgelassen hatte. Zufrieden eilte er ins Büro.
Die Bürotür war noch immer abgeschlossen. Wie am

Vortag ging Herr Taschenbier quer über den Hof zum Wohnhaus von Herrn Oberstein und trat ein, als auf sein Klopfen niemand »Herein« rief.
Der Chef saß erschöpft auf einem Tellerstapel und starrte vor sich hin. Inzwischen standen die Tassen auf dem Boden, die Bücher lagen in der Lampe, der Tisch stand auf dem Schreibtisch, das Bettzeug hing über dem Schrank, und die Stühle standen auf dem Sofa.
»Haben Sie den Schlüssel gefunden?«, fragte Herr Taschenbier.
»Nein«, sagte Herr Oberstein dumpf. »Es nützt alles nichts. Ich muss die Bürotür aufbrechen lassen. Ich habe eine Krawattennadel gefunden, die ich schon vierzehn Jahre vermisst habe, und eine noch nicht gelesene Postkarte aus dem Jahre 1968, die eine wichtige Mitteilung enthält. Außerdem acht Münzen, drei Spielkarten und eine Schreibmaschine. Aber von dem Schlüssel fehlt jede Spur! Wo pflegen Sie Ihre Schlüssel zu verstecken?«
»Ich?«, fragte Herr Taschenbier erstaunt. »Ich verstecke meinen Schlüssel nie. Ich stecke ihn in die Hosentasche.«
»In die Hosentasche«, sagte Herr Oberstein verächtlich. »Sie haben eben keine Phantasie!« Dabei steckte er gedankenlos die Hände in die Hosentaschen.
Gleich darauf sprang er auf, als hätte ihn eine Wespe

gestochen, und schrie: »Da ist ja dieser hinterlistige Schlüssel!«, während er den Schreibtischschlüssel aus der Hosentasche zog. »Warum haben Sie das nicht schon gestern gesagt?«, fragte er, während er den Schreibtisch aufschloss, dann den Schrank öffnete und schließlich den Schlüssel aus dem Stiefel schüttelte.

»An die Arbeit!«, rief er, als er den Schlüssel in der Hand hatte, rannte über den Hof und stürmte ins Büro. Herr Taschenbier lief hinterher.

Im Büro standen ein großer Eichenholzschreibtisch mit einem Ledersessel und ein kleines Tischchen mit einem Holzstuhl. Auf den Ledersessel setzte sich der Chef, auf den Holzstuhl Herr Taschenbier. Dann begannen sie mit der Arbeit.

Herr Oberstein schrieb Rechnungen aus, Herr Taschenbier musste nachrechnen, ob alles stimmte, was der Chef zusammengezählt hatte. Dann musste er die Rechnung zusammenfalten und in einen Briefumschlag stecken.

Herr Oberstein hatte für seine Arbeit einen Taschenrechner, Herr Taschenbier musste alles im Kopf rechnen. Damit Herr Taschenbier nicht einfach sagen konnte: »Das Ergebnis stimmt«, ohne richtig nachgerechnet zu haben, schrieb der Chef alle Ergebnisse auf ein gesondertes Blatt und trug sie erst in die Rechnung ein, wenn Herr Taschenbier das Gleiche herausbekommen hatte wie er. Natürlich rechnete Herr Oberstein mit dem Taschenrechner viel schneller als Herr Taschenbier im Kopf. Deshalb stapelten sich bald die Rechnungen auf Herrn Taschenbiers Tisch, während der Chef nichts zu tun hatte. Aus Langeweile knüllte er dann Papier zusammen und versuchte es von seinem Platz aus in den Papierkorb zu werfen. Meistens traf er hinein. Ab und zu ging ein Geschoss daneben. Dann sagte er: »Ach, Taschenbier, werfen Sie doch mal das Papier in den Papierkorb!«

Wenn Herr Taschenbier das getan hatte und an seinen Platz zurückgekehrt war, hatte er fast jedes Mal vergessen, wie weit er gerechnet hatte, und musste noch einmal oben anfangen. So brauchte er noch länger.

Dem Chef wurde es dann noch langweiliger, und er ging erst mal ins Wirtshaus.

Auch an diesem Dienstag stand der Chef nach ein paar Stunden auf und ging. Vorher nahm er seine dicke Armbanduhr ab, legte sie auf Taschenbiers Schreibtisch und zeigte darauf. »Ich erwarte,

dass Sie mit den Rechnungen fertig sind, sobald der kleine Zeiger auf elf steht. Verstanden, Taschenbier?«
»Verstanden, Chef!«, sagte Herr Taschenbier.
Wenn Herr Oberstein im Wirtshaus saß, konnte Herr Taschenbier am schnellsten rechnen. Deshalb war er auch so vertieft in seine Arbeit, dass er überhaupt nicht aufsah, als der Chef nach einer Weile wiederkam. Er hörte, wie er sich auf den Ledersessel setzte und mit Papieren raschelte.
Jetzt wird er gleich wieder etwas in den Papierkorb werfen, dachte er verdrossen.
Stattdessen hörte er aber ein Schmatzen, und gleich darauf sagte eine wohlbekannte Stimme: »Schmeckt guuut. Sehr zartes Papier.«
Herr Taschenbier fuhr herum. Nicht der Chef war hereingekommen, auf dem Sessel saß das Sams! Gerade fraß es das Lineal, mit dem Herr Oberstein die Ergebnisse unterstrich.
»Hallo, Papa!«, sagte es kauend. »Schönes Büro hast du da. Sehr zartes Papier. Und gutes Holz.«
»Du bist mir ja doch nachgegangen. Machst du sofort, dass du hier verschwindest!«, rief Herr Taschenbier. »Und vor allen Dingen: Hörst du auf, Papier zu fressen!«

Er packte das Sams am Arm und wollte es aus der Tür schieben. Doch dabei konnte ihn vielleicht der Chef überraschen. Deswegen setzte er es unter seinen Tisch hinter den Papierkorb und sagte: »Ich wünsche, dass du dich versteckt hältst, wenn mein Chef kommt, verstanden?«

»Verstanden, Papa. Verstecken spiele ich gern«, antwortete das Sams.

»Wegen dir muss ich jetzt noch einmal von vorn beginnen«, schimpfte Herr Taschenbier.

»Was musst du denn machen?«, fragte das Sams.

»Rechnen«

»Ach so, ich dachte, was Schwieriges.«

»Was glaubst du, wie schwierig das ist«, protestierte Herr Taschenbier. »Hör mal zu, was ich für große Zahlen zusammenzählen muss.«

Er nahm die Rechnung, die gerade vor ihm lag, und las: »411 + 319 + 217 + 334 + 556 + 192 + 2346. Das ist schwierig, was?«

»Das ist nicht schwierig, sondern 4375«, erwiderte das Sams.

»Was sagst du?«

»Vier-tau-send-drei-hun-dert-fünf-und-sieb-zig«, wiederholte das Sams.

»So ein Unsinn«, sagte Herr Taschenbier und begann die Zahlen zusammenzurechnen.

Nach ein paar Minuten rief er erstaunt: »Was hast du vorhin für eine Zahl gesagt?«
»4375«, antwortete das Sams. Es spielte gerade an der großen Bürouhr herum.
»Das stimmt ja«, sagte Herr Taschenbier verwundert. »Hast du es auf dem Zettel vom Chef gesehen?«
»Nein«, sagte das Sams beleidigt. »Hab ich ausgerechnet.«
»So schnell rechnet nicht einmal ein Taschenrechner«, meinte Herr Taschenbier.
»Taschenrechner nicht, aber Samse!«, erklärte das Sams stolz.
»Dann könntest du mir ja helfen«, sagte Herr Taschenbier.
»Natürlich, Papa«, erwiderte das Sams.
Herr Taschenbier begann: »45 + 193 + 87 + 23 + 92.«
»Ist 440«, sagte das Sams sofort, und Herr Taschenbier schrieb es hin.
So arbeiteten sie weiter, und als der Chef ins Büro zurückkam, saß das Sams gut versteckt hinter dem Schreibtisch, während sich Herr Taschenbier damit beschäftigte, gelangweilt Papierkügelchen in den Papierkorb zu werfen.
»Sie haben wohl nichts zu tun?«, fragte der Chef.
»Nein, Herr Oberstein«, antwortete Herr Taschenbier fröhlich.

»Und was ist mit Ihren Rechnungen?«
»Alles ausgerechnet!«
»Das gibt es nicht«, sagte der Chef und zog den Zettel mit den Ergebnissen aus der Tasche. »Lesen Sie mal vor!«
Herr Taschenbier nahm eine Rechnung nach der anderen und rasselte die Ergebnisse so schnell herunter, dass der Chef kaum mit dem Vergleichen nachkam.
»Phantastisch«, staunte Herr Oberstein. »Sie haben wohl meinen Rechner benutzt, als ich weg war?«
»Nein«, widersprach Herr Taschenbier. »Das ist alles im Kopf gerechnet!«
Das war nicht einmal gelogen, denn es war wirklich alles im Kopf gerechnet. Allerdings in dem vom Sams.
»Wenn einer das alles im Kopf rechnet, braucht er mindestens sechs Stunden«, sagte Herr Oberstein.
»Es ist ja auch schon fünf Uhr«, antwortete das Sams mit der Stimme von Herrn Taschenbier.
»Bist du still!«, flüsterte Herr Taschenbier erschrocken.
»Fünf Uhr? Reden Sie keinen Unsinn!«, sagte der Chef und drehte sich zur großen Uhr um, die über der Tür hing. Die Uhr zeigte genau fünf Uhr an.
Während Herr Oberstein erstaunt die große Uhr betrachtete, nahm das Sams schnell Herrn Obersteins Armbanduhr vom Schreibtisch, drehte daran und legte sie wieder zurück.

Keine Sekunde später nahm Herr Oberstein mit zitternden Fingern seine Armbanduhr vom Schreibtisch, schaute darauf und stöhnte: »Tatsächlich: fünf Uhr. Wie ist das nur möglich? Ich hätte schwören mögen, dass es höchstens zwölf ist! Vielleicht hätte ich ein Bier weniger trinken sollen.«
Das Sams war inzwischen wieder in sein altes Versteck zurückgekrochen und antwortete von dort:
»Sieht ganz nach Gedächtnisschwund aus, Herr Oberstein.«
»Gedächtnisschwund?«, fragte der Chef entsetzt, knüllte das Papier mit den Rechenergebnissen zusammen und warf es neben den Papierkorb.
Gleich kam das Papier wieder auf seinen Schreibtisch zurückgeflogen.
»Taschenbier, was erlauben Sie sich?«, schimpfte der Chef.
»Ich habe nichts getan«, antwortete der wahrheitsgemäß. Ihm war das Ganze furchtbar peinlich. Aber wie sollte er das Sams dazu bringen, mit dem Werfen aufzuhören, ohne sich zu verraten?
Herr Oberstein warf noch einmal das Papier weg und beobachtete Herrn Taschenbier scharf. Der saß da und faltete Rechnungen zusammen. Trotzdem landete das Papier ein paar Sekunden später wieder auf dem großen Schreibtisch.

»Das ist mir unheimlich«, murmelte der Chef und warf das Papier ein drittes Mal weg. Diesmal traf er in den Papierkorb.

»Sie können für heute Schluss machen, Taschenbier«, sagte er dann. »Die Suche nach dem Schlüssel hat mich ziemlich mitgenommen. Ich gehe heute früh ins Bett.«

»Ich glaube, die Uhr geht falsch, Herr Oberstein«, sagte Herr Taschenbier. »Ich bleibe doch lieber noch ein wenig hier.«

»Wenn ich sage, Sie sollen gehen, dann gehen Sie, verstanden!«, schnauzte Herr Oberstein.

»Wenn Sie es so wollen«, sagte Herr Taschenbier und stand auf.

In diesem Augenblick kam das Papier ein drittes Mal auf den Schreibtisch zurückgeflogen.

»Da ist dieses blöde Papier schon wieder«, stöhnte der Chef. »Da hat ja einer etwas daraufgeschrieben. Taschenbier, waren Sie das?«

»Ich habe nichts geschrieben, Herr Oberstein«, versicherte Herr Taschenbier.

»Aber da steht doch was«, sagte der Chef und schlug mit dem Handrücken aufs Papier.

Herr Taschenbier beugte sich darüber.

»Das ist Ihre Schrift, Herr Oberstein«, sagte er dann. »Das müssen Sie geschrieben haben!«

»Meine Schrift? Sie haben recht«, rief er aus und las fassungslos vor:

»Taschenbier und Oberstein
sitzen im Büro.
Taschenbier hat Grips im Kopf,
Oberstein nur Stroh.«

Dann zog er sein Taschentuch heraus, wischte sich den Nacken ab und sagte dumpf: »Herr Taschenbier, mit mir steht es schlechter, als ich dachte. Bleiben Sie mal den Rest der Woche zu Hause. Ich brauche dringend Ruhe. Ich lege mich sofort ins Bett und schlafe durch bis übermorgen. Wir sehen uns am Montag wieder.«
Damit packte er Herrn Taschenbier an der Schulter und schob ihn aus dem Büro.
Draußen zuckte er zusammen. »Entsetzlich, jetzt sehe ich schon Hirngespinste. Ich schlafe lieber gleich bis Freitag.«
»Was sehen Sie denn?«, fragte Herr Taschenbier.
»Dinge, die es gar nicht gibt.«
»Was denn?«, forschte Herr Taschenbier weiter.
Herr Oberstein näherte seinen Mund Herrn Taschenbiers Ohr und flüsterte: »Eben habe ich mir eingebildet, ich hätte einen rothaarigen Affen in einem

Taucheranzug aus dem Büro rennen sehen. Entsetzlich, nicht wahr?«

»Entsetzlich«, bestätigte Herr Taschenbier.

Darauf machte sich Herr Oberstein auf den Weg ins Bett, und Herr Taschenbier ging um die Straßenecke, wo das Sams schon auf ihn wartete.

»Da hast du ja wieder was Schönes angerichtet«, sagte er.

»Was sehr Schönes«, verbesserte das Sams fröhlich. »Mittwoch, Donnerstag und Freitag frei. Und heute schon um zwölf Uhr Schluss. Sehr, sehr schön! Da können wir den ganzen Nachmittag spazieren gehen.«

»Meinetwegen«, sagte Herr Taschenbier und nahm das Sams bei der Hand.

»Wie war eigentlich mein Gedicht?«, fragte das Sams.

»Sehr frech.«

»Dann war es richtig. Achtung, jetzt kommt noch ein Gedicht!«

»Wieder so frech?«
»Überhaupt nicht«, versicherte das Sams und sang so laut, dass die Leute stehen blieben und sich umsahen:

»Taschenbier und Robinson
kommen vom Büro.
Der Chef, der hat schon Schluss gemacht,
da ist der Papa froh.«

»Nicht nur der Papa«, wandte Herr Taschenbier ein.
»Natürlich«, sagte das Sams. »Das habe ich so gesagt, weil es sich sonst nicht reimt. Achtung, jetzt kommt noch ein Gedicht!«
»Was, schon wieder eines?«
»Es ist das letzte für heute«, versicherte das Sams und sang genauso laut weiter:

»Heute ist das Wetter fein,
da geht man aus und bummelt.
Drum hat das Sams Herrn Oberstein
ganz fürchterlich beschummelt.«

»Das kann man wohl sagen«, murmelte Herr Taschenbier.
Hierauf hörte das Sams auf zu dichten, und die beiden gingen den ganzen Tag miteinander spazieren.

Mittwoch

der 9. Mai

Am Mittwoch wurde Herr Taschenbier zur Abwechslung wieder einmal vom Singen des Sams geweckt:

»Oberstein und Unterstein,
alles muss versteckt sein,
Hinterstein und Vorderstein,
Papa will geweckt sein.«

Schimpfend setzte er sich auf: »Warum brüllst du nicht gleich: ›Ich bin hier im Zimmer!‹? Damit es alle Welt merkt. Gestern hat Frau Rotkohl befohlen, dass ich dich wegschicken soll, und heute machst du einen Lärm wie eine Alarmanlage.«

»Ich habe halt aus Versehen gesungen«, entschuldigte sich das Sams.

»Das war nicht aus Versehen, das war aus vollem Hals«, sagte Herr Taschenbier, stieg aus dem Bett und schloss die Tür von innen ab.

Gleich darauf rüttelte schon Frau Rotkohl daran.

»Herr Flaschenbier, Sie haben ja immer noch diesen

Robinson bei sich, diesen Flegel«, rief sie von draußen. »Sofort schließen Sie die Tür auf!«
»Wenn man ein Zimmer gemietet hat, darf man es auch abschließen«, rief Herr Taschenbier mutig zurück.
»Sehr gut«, flüsterte das Sams. »Du hast schon etwas gelernt, Papa.«
»Wir sprechen uns noch, Herr Flaschenbier. Wir sprechen uns noch!«, drohte die Rotkohl und ging wieder in ihr Zimmer zurück.
»Das haben wir davon«, sagte Herr Taschenbier ärgerlich. »Dass du auch immer singen musst.«
»Andere Kinder singen ebenfalls«, verteidigte sich das Sams.
»Andere Kinder können um diese Zeit gar nicht singen, weil sie da schon in der Schule sitzen«, erklärte er.
»Schule, bäh«, sagte das Sams und streckte seine Zunge bis zum Kinn heraus.
»Du brauchst gar nicht die Zunge herauszustrecken«, sagte Herr Taschenbier streng. »Die Schule würde dir ganz guttun. Da lernt man, wann man singen darf und wann nicht.«
»Ich singe, wenn ich will«, erklärte das Sams. »Und wenn ich nicht will, dann singe ich nicht. So ist es richtig, weil es mir so gefällt.«
»Ich wünschte, du würdest mal eine Schulstunde mitmachen. Dann würdest du anders reden!«

»So ein blöder Wunsch. So ein strohblöder Wunsch!«, schimpfte das Sams, zog sich an, machte sich fertig und raste in die Schule.

Als Herr Studienrat Groll in die Klasse kam, herrschte dort große Aufregung.
»Ruhe!«, donnerte er und schlug mit dem Buch auf die erste Bank.
Schlagartig verstummten alle Schüler, rannten zu ihren Plätzen und stellten sich auf.
»Was soll der Lärm?«, fragte er barsch.
»Da ist ein Neuer!«, sagte ein Schüler.
»Der sieht so komisch aus«, ein anderer.
»Er hat einen Anzug wie ein Froschmann«, rief ein dritter.
»Und das ganze Gesicht voller Tintenflecken«, fügte ein vierter hinzu.
»Ruhe!«, schrie Herr Groll noch einmal. »Redet doch nicht alle durcheinander!«
Streng sah er von einem Schüler zum anderen, ging durch den Mittelgang nach hinten, drehte sich ruckartig um, kam langsam wieder nach vorn, setzte sich hinter sein Pult und legte seine Bücher vor sich hin.
»Setzen!«, befahl er dann, und die Schüler setzten sich aufatmend nieder.
Jetzt wandte er sich dem Neuen zu. Der hatte wäh-

rend der ganzen Zeit seelenruhig in der ersten Bank gesessen.
»Kannst du nicht aufstehen?«, fragte er.
»Doch«, sagte der Neue freundlich und stand auf.

»Warum sitzt du hier in der ersten Bank?«, fragte Groll weiter.
»Ich sitze nicht in der ersten Bank«, antwortete der Neue.
»Wieso?«, fragte Groll.
»Weil ich stehe«, erklärte der Neue ernst.
»Keine Frechheiten. Setzen!«, schrie Studienrat Groll.
»Ich meine, wer dich da hingesetzt hat.«
»Ich hab mich ganz allein hingesetzt.«

»Hier setzt sich keiner allein irgendwohin. Hier bestimme ich, wer sich wo hinsetzt«, sagte Groll. »Sofort kommst du aus der Bank!«
Der Neue erhob sich wieder und stellte sich in den Mittelgang.
»Klaus-Friedrich Ochs, wo sind noch Plätze frei?«, fragte darauf Herr Groll und schaute über seinen Brillenrand.
Klaus-Friedrich Ochs, der Klassenbeste, sprang auf: »Es ist nur noch ein Platz frei, Herr Studienrat«, meldete er. »Der in der ersten Reihe.«
»Gut«, sagte Herr Groll. »Dann darf er sich in die erste Bank setzen.« Und der Neue setzte sich wieder auf den Platz, auf dem er schon vorher gesessen hatte.
Studienrat Groll stellte sich vor ihm auf.
»Wie heißt du?«, fragte er.
»Robinson«, sagte der neue Schüler und lachte. Es war natürlich das Sams.
»Du sollst hier nicht lachen!«, befahl Herr Studienrat Groll und runzelte die Stirn.
»Warum nicht?«, fragte das Sams.
»Weil man hier nicht lacht«, erklärte Herr Groll.
»Doch, man lacht hier«, stellte das Sams richtig. »Schau her!« Es begann schallend zu lachen. Die Kinder lachten mit, so ansteckend wirkte das.
»Ruhe!«, schrie Groll wütend. »Außerdem sagt man

nicht Du zu mir. Das solltest du in dem Alter längst wissen.«
»Wie denn dann?«, fragte das Sams erstaunt.
»Du sagst Sie zu mir, verstanden?«, sagte er.
»Sie?«, fragte das Sams. »Bist du denn eine Frau?«
»Nicht zu fassen!«, schimpfte Herr Groll. »Mich als Frau zu bezeichnen, so eine Frechheit!«
»Ist eine Frau denn etwas Schlimmes?«, fragte das Sams.
»Nein, natürlich nicht«, lenkte Herr Groll ein.
»Warum schimpfst du dann?«, fragte das Sams.
»Sie!«, verbesserte Herr Groll aufgebracht.
»Sie schimpft?«, fragte das Sams und schaute sich um. »Ich kann sie gar nicht sehen.«
»Wen?«
»Die Frau, die schimpft.«
»Wer hat denn was von einer Frau gesagt?«
»Du«, erklärte das Sams.
»Sie!«, verbesserte Herr Groll erregt.
»Schon wieder sie. Das scheint aber eine freche Frau zu sein. Überall mischt sie sich ein.«
»Hör jetzt endlich auf, von deiner Frau zu faseln«, schrie Herr Groll.
»Das ist nicht meine Frau«, sagte das Sams. »Ich bin nicht verheiratet. Ich bin viel zu jung, um ...«
»Ruhe!«, brüllte der Studienrat dazwischen.

»Meinst du mich?«, fragte das Sams.
»Sie!«, verbesserte Herr Groll gereizt.
»Ach so, die Frau«, sagte das Sams verstehend.
Herr Studienrat Groll sah verzweifelt an die Decke. »Du heißt doch nicht nur Robinson«, sagte er, als er sich etwas beruhigt hatte. »Wie heißt du denn noch?«
»Taschenbier«, sagte das Sams stolz.
»Und warum hast du einen so komischen Anzug an?«
»Weil alle anderen immer platzen.«
»Platzen?«, fragte Herr Studienrat Groll. »Wie denn?«
»So!«, sagte das Sams, fasste Herrn Grolls Jackenärmel und zog daran, bis die Naht platzte. »Genau so!«
»Raus!«, schrie Herr Studienrat Groll mit hochrotem Kopf. »Stell dich sofort vor die Tür! Du kannst von Glück reden, dass man die Schüler nicht mehr verhauen darf. Früher hätte man für so einen wie dich den Rohrstock geschwungen.«
»Au fein«, freute sich das Sams. »Rohrstock schmeckt gut.«
»Raus!«, schrie Herr Groll noch lauter. »Mach sofort, dass du aus dem Zimmer kommst!«
»Wenn du meinst«, sagte das Sams und schlenderte zur Tür. Dort blieb es noch einmal stehen und sagte über die Schulter: »Hier wäre ich sowieso nicht lange geblieben. Was soll man von einem Lehrer lernen, der die einfachsten Fragen nicht beantworten

kann! Und der nicht weiß, ob er ein Mann oder eine Frau ist.«
Dann schloss es gerade noch rechtzeitig die Tür, denn Herr Groll hatte nach einem Buch gegriffen und es hinter dem Sams hergeschleudert. Es prallte gegen die Tür, das Sams streckte noch einmal den Kopf herein und sagte unschuldig:
»Es hat geknallt. Da scheint irgendetwas hinuntergefallen zu sein.«
Darauf machte es die Tür ganz schnell wieder zu und hörte kopfschüttelnd, wie von drinnen drei Bücher, ein Lineal und die Aktentasche von Herrn Studienrat Groll dagegendonnerten.
»In dieser Klasse ist es mir zu laut«, stellte das Sams fest. »Ich werde mir eine andere suchen.«
Es schlenderte den langen Gang entlang und blieb erst stehen, als es aus einem Klassenzimmer lautes Lachen hörte.
»Das klingt besser«, meinte es und trat ein.
Drinnen blieb es überrascht an der Tür stehen: Hinter dem Lehrerpult saß ein kleines Mädchen, das nicht älter war als die anderen Schüler und Schülerinnen der Klasse.
»Bist du aber eine kleine Lehrerin«, stellte das Sams verwundert fest. Die Kinder in der Klasse lachten.
»Ich würde sagen, eine junge Lehrerin. Denn klein bin

ich nicht für mein Alter«, erklärte das Mädchen hinter dem Pult. »Und wer bist du?«

»Ich bin ein Neuer. Ich heiße Robinson«, stellte sich das Sams vor.

»Dann such dir einen Platz!«, sagte das Mädchen. »Aber beeil dich bitte, wir wollen nämlich weitermachen.«

Das Sams suchte einen freien Platz und setzte sich. Währenddessen erläuterte das kleine Mädchen der Klasse, wie eine Wolke entsteht. Wenn einer der Schüler etwas nicht verstand, fragte er, und das kleine Mädchen und die anderen Schüler erklärten es ihm genauer. Wenn das Mädchen eine Frage stellte, meldeten sich alle ganz wild, jeder wollte zeigen, dass er es begriffen hatte.

»Warum ist denn die Lehrerin so jung?«, fragte das Sams flüsternd seinen Banknachbarn. Der lachte erst und flüsterte dann zurück: »Das ist doch überhaupt keine Lehrerin. Unser richtiger Lehrer sitzt da drüben in der Bank.«

Das Sams sah hinüber. Da saß tatsächlich ein junger Mann zwischen den Kleinen.

»So ein fauler Kerl«, sagte das Sams.

»Das nimmst du sofort zurück!«, drohte sein Banknachbar und hielt ihm die geballte Faust unter den Rüssel.

»Warum tut er denn nichts?«, wollte das Sams wissen.
»Weil wir alles selber können. Jeder, der will, darf Lehrer spielen. Und nur, wenn einer nicht mehr weiterweiß, erklärt es der echte Lehrer. Barbara ist besonders gut in Erdkunde. Deswegen ist sie immer die Lehrerin, wenn es um Erdteile, Städte oder Länder geht. Chris kann gut rechnen. Er hat uns allen das Einmaleins beigebracht. Und so geht es weiter. Jeden Tag haben wir andere Lehrer. Alle passen auf, weil es nie langweilig wird, und die Schule macht Spaß!«
»Jeder darf Lehrer spielen?«, fragte das Sams. »Dann will ich auch Lehrer sein.«
Sein Banknachbar meldete sich und wurde von dem kleinen Mädchen hinter dem Pult aufgerufen: »Was gibt es?«
»Der Robinson möchte Lehrer sein.«
»Der Robinson?«, fragte sie. »Aber ich bin doch noch nicht fertig. Wer möchte, dass Robinson den Lehrer macht?«
Fast alle meldeten sich, denn alle waren gespannt, den Neuen näher kennenzulernen.
Stolz stand das Sams auf, wartete, bis sich das Mädchen auf seinen Stuhl gesetzt hatte, und nahm dann selber hinter dem Pult Platz. Dann schaute es so streng in die Runde, wie es das beim Studienrat Groll beobachtet hatte, und schrie:

»Ihr könnt wohl nicht aufstehen?«

Die Schüler schauten es einen Augenblick verdutzt an, dann brachen sie in lautes Gelächter aus.

»Ruhe!«, brüllte das Sams. So laut, wie es vorher Herr Studienrat Groll getan hatte.

Da bekamen die Schüler aber erst recht einen Lachanfall. Manche prusteten so, dass sie kaum noch Luft bekamen. Am lautesten lachte der echte Lehrer.

»Was habe ich denn falsch gemacht?«, fragte das Sams.

»So ist doch kein Lehrer«, sagte das kleine Mädchen, das vorher Lehrerin gespielt hatte. »Lehrer brüllen doch nicht so herum. Was willst du uns überhaupt beibringen? Doch hoffentlich nicht, wie man besonders laut schreit!«

»Nein«, sagte das Sams kleinlaut. »Ich wollte eine Dichtstunde halten.«

»Eine Dichtstunde? Heißt das, dass du dichtest und wir zuhören müssen? Das ist aber langweilig.«

»Nein, wir dichten zusammen«, erklärte das Sams. »Ich beginne mit der ersten Zeile, und einer von euch erfindet die zweite. Sie muss sich natürlich auf die erste reimen. Zur Belohnung darf er dann eine dritte Zeile dichten, und die anderen müssen eine vierte finden, die sich auf die dritte reimt. Und so weiter.«

»Das habe ich nicht verstanden«, sagte das Mädchen.

»Du wirst es schon verstehen, wenn wir erst einmal anfangen. Also, ich beginne:

Mein Name, der ist Robinson ...«

»Na und? Was soll das? Das weiß ich doch schon«, antwortete das Mädchen schnippisch.
»Sehr gut«, lobte das Sams. »Jetzt haben wir schon die beiden ersten Zeilen:

Mein Name, der ist Robinson.
Na und? Was soll's? Das weiß ich schon.

Jetzt darfst du eine dritte Zeile anhängen.«
»Eine dritte Zeile? Dann dichte ich einfach so weiter wie du:

Mein Name, der ist Barbara ...«

»Wer will weiterdichten?«, fragte das Sams.
Ein kleiner Dicker aus der fünften Reihe meldete sich und rief stolz:

»Dein Name, der ist Barbara,
der Affe wohnt in Afrika.«

»Jetzt darfst du weiterdichten«, erklärte ihm das Sams. Der Dicke dachte kurz nach, dann sagte er:

»Mein Name, der ist Roderich ...«

Darauf meldete sich der echte Lehrer und sagte, als das Sams ihn aufrief:

»Dein Name, der ist Roderich,
doch, liebe Kinder, glaube ich,
dass unsre Art zu dichten hier
nicht sehr weit führt. Denn, sage mir,
was nützt's, wenn jeder, den man fragt,
nichts als nur seinen Namen sagt?
Zwar reimt es sich. Doch ist noch nicht
ein jeder Reim auch ein Gedicht.«

»Sehr gut«, rief das Sams. »Das hätte ich fast nicht besser dichten können. Aber wie sollen wir dann weitermachen?«
»Unser Gedicht soll irgendeine Geschichte erzählen. Was hat denn der Affe in Afrika mit unserer Barbara oder dem Roderich zu tun? Wir müssen ein ... ein ... Dingsda ...«
Ehe der Lehrer erklären konnte, was er mit »Dingsda« gemeint hatte, sagte das Sams schon eifrig: »Ja, sehr

gut. Wir müssen ein Gedicht über das Dingsda machen. Achtung, es geht los:

Es war einmal ein Strauß.
Der stellte ein Dingsda vors Haus.
Da kam dazu die Ammer ...«

»Was hat die denn gemacht?«, fragte ein Mädchen mit einer runden Brille aus der siebten Reihe.
»Das sollst du doch weiterdichten«, erklärte das Sams.
»Ach so«, meinte das Mädchen.

»Da kam dazu die Ammer,
die erschlug den Strauß mit dem Hammer.«

»Das ist ja grausam!«, rief ihre Nachbarin. »Außerdem wollen wir wissen, was mit dem Dingsda geschieht, nicht mit dem Strauß.«
»Na ja«, antwortete das Mädchen mit der Brille. »Dann dichte ich eben so weiter:

Da kam dazu die Ammer,
die zerschlug das Dings mit dem Hammer.«

»Gemeinheit!«, schimpfte die Nachbarin. »Dann ist das Gedicht ja aus.«

»Wie würdest du denn weiterdichten?«, fragte das Sams.

Das Mädchen sagte: »So:

Da kam dazu die Ammer,
die rollte das Dingsda in die Kammer.«

»Sehr gut«, lobte das Sams. »Jetzt haben wir das Dingsda schon im Haus. Wie geht's jetzt weiter?«

»Dort drinnen legte der Fisch ...«,

fuhr das Mädchen fort. Und die halbe Klasse ergänzte wie aus einem Mund:

»... das Dingsda auf den Tisch.«

»Jetzt kam der Frosch an die Reihe ...«,

schlug ein anderes Mädchen vor.

»... der schleppte das Dingsda ins Freie«,

ergänzte ihr Tischnachbar.

»Das ist nicht gut«, wehrte das Sams ab. »Jetzt haben wir das Dingsda mühsam ins Haus gebracht, auf den Tisch gelegt, und er schleppt es einfach wieder raus! Wer findet einen anderen Reim auf Reihe?«

Ein ganz langer Junge aus der letzten Reihe meldete sich aufgeregt. »Ich weiß, wie es anders weitergehen könnte:

Jetzt kam der Frosch an die Reihe,
der schleppte das Dingsda ins Freie.
Die Amsel brachte zum Glück
das Dingsda wieder zurück.

Hierauf verstaute die Kuh ...«

Und die halbe Klasse fiel begeistert ein:

»... das Dingsda in einem Schuh.«

Roderich, der zeigen wollte, dass er viele Tiere kannte, die mit »St« beginnen, fuhr mit der nächsten Zeile fort:

»Der Stieglitz, der Storch und der Stier ...«

Und sofort meldete sich einer, der stolz die nächste Zeile aufsagte:

»... verpackten den Schuh in Papier.«

Damit schien das Dingsda endgültig verpackt und das Gedicht zu Ende zu sein. Aber das Sams fand einen Ausweg und dichtete weiter:

»Jedoch zwei uralte Raben,
die wollten's im Schuh nicht haben.
So erbarmte sich ihrer die Maus
und packte das Dings wieder aus.«

»Und wie soll es weitergehen?«, fragte Barbara. »Jetzt können wir das Dingsda doch nicht von Neuem einpacken.«
»Nein, aber man muss etwas mit ihm unternehmen«, sagte das Sams. »Wie wäre es so:

Die Muschel befahl durch die Schalen,
man solle das Dingsda bemalen.
Doch ein Schwein mit schlechtem Betragen
versuchte am Dingsda zu nagen.
Sogleich begannen zwei Katzen ...«

Ein Mädchen reimte schnell:

»... mit den Krallen am Dingsda zu kratzen.
Auch konnten's zwei unreife Schnecken ...«

Alles dachte nach, aber keiner fand den passenden Reim dazu. Schließlich sagte das Sams zu dem Mädchen: »Da hast du eine zu schwierige Zeile erfunden. Keiner weiß, wie er weiterreimen soll.«
»Doch, ich!«, sagte das Mädchen. »Ich wollte nur sehen, ob auch einem von euch etwas eingefallen wäre:

Auch konnten's zwei unreife Schnecken
nicht lassen, am Dingsda zu lecken.«

»Unserem armen Dingsda geht es ja immer schlechter«, meinte ein anderes Mädchen. »Erst wird es angenagt, dann zerkratzt und jetzt beleckt.«
»Es kommt noch schlimmer«, rief ein Junge. »Ich weiß nämlich, wie wir weiterdichten:

Die Assel kroch grau aus dem Keller
und warf auf das Dingsda fünf Teller.«

»Jetzt müssen wir aber langsam zum Schluss des Gedichts kommen«, entschied das Sams. Alle dachten nach. Schließlich schlug ein Mädchen vor:

»Am Ende warf der Igel
das Dingsda in den Spiegel.«

»Nein, das geht nicht!«, schrien alle durcheinander. »Das ist kein schöner Schluss.« Aber keiner wusste, wie er weiterdichten sollte. Bis endlich das Sams sagte: »Da keinem etwas einfällt, muss ich wohl erzählen, was mit dem Dingsda schließlich geschehen ist:

Das Dingsda blieb im Spiegel stecken,
und alle sahen voller Schrecken:
Hier war ein Wunderwerk geschehen,
denn im Spiegel war nun ein ADSGNID zu sehen!«

»Ein ADSGNID?«, fragten die Kinder. »Was ist denn das?«
»Hört euch nur die nächsten Zeilen an«, sagte das Sams. »Vielleicht kommt ihr von allein drauf.« Und es wiederholte noch einmal:

»... im Spiegel war nun ein ADSGNID zu sehen!
Tja, sprachen die alten Raben gelehrt:
Im Spiegel wird alles seitenverkehrt!
Drauf gingen alle aus dem Haus:
die Kuh, der Stier, der Frosch, die Maus
und schließlich die uralten Raben.
Denn ein ADSGNID wollt' keiner mehr haben.«

»Sehr schön, Robinson«, lobte der Lehrer und stand auf. »Und wir gehen auch alle aus dem Haus, denn es hat schon längst geklingelt.«
Eine Weile später kam das Sams nach Hause geschlendert und klopfte bei Herrn Taschenbier an die Fensterscheibe.
Der öffnete, schaute sich um, ob sie nicht beobachtet würden, und zog es hinein.
»Sag mal, warst du wirklich in der Schule?«, fragte er, als das Sams im Zimmer stand.
»Natürlich, du hast es doch gewünscht«, antwortete das Sams.

»Das tut mir aber leid«, sagte Herr Taschenbier.

»Aber nein, Papa«, rief das Sams und lachte. »Das braucht dir überhaupt nicht leidzutun! Schule gefällt mir fast noch besser als Kaufhaus. Man muss sich nur den richtigen Lehrer aussuchen.«

»Warst du denn bei mehreren Lehrern?«, fragte Herr Taschenbier.

»Bei vielen.«

»Und wer war der beste?«

»Der beste?«, wiederholte das Sams und dachte nach. »Der beste Lehrer war der, der heute eine Dichtstunde gehalten hat.«

»Das muss der Deutschlehrer sein«, überlegte Herr Taschenbier. »War das so ein langer Hagerer mit blonden Haaren?«

Das Sams prustete vor Lachen.

»Nein, Papa«, sagte es schließlich. »Das war so ein kleiner Dicker mit roten Borsten. Und wenn ich mich nicht sehr täusche, hatte er eine Gummihose an.«

Donnerstag

der 10. Mai

Am Donnerstag wachte Herr Taschenbier von allein auf.

»Nanu«, sagte er. »Weder Weckerklingeln noch Sams-singen?«

Er blinzelte nach der Uhr und stellte fest, dass es schon elf war.

»Hätte ich denn singen sollen?«, fragte das Sams. Es hatte Herrn Taschenbiers Gürtel an der Vorhangstange festgebunden und schaukelte daran hin und her.

»Natürlich nicht.« Herr Taschenbier gähnte und reckte sich. »Ich fühle mich richtig schön ausgeschlafen.«

»Hab ich mir gedacht«, sagte das Sams schaukelnd. »Ich habe ganz leise gespielt.«

Herr Taschenbier schaute ihm eine ganze Weile zu. Es war schon wieder ein Stück größer geworden. Außerdem schien das Waschen Erfolg zu haben: Von den blauen Flecken war kaum noch etwas zu sehen. Herr Taschenbier gähnte noch einmal und fragte dann: »Was wollen wir denn heute unternehmen?«

»Vielleicht könnten wir der Rotkohl Wasser in die Schuhe kippen. Oder wir holen uns Käsekugeln und spielen in der Küche Fußball«, schlug das Sams vor. »Dann könnten wir auch noch ein Seil vom Schrank zur Lampe spannen und Seiltanzen üben. Wozu hättest du denn Lust?«

»Ich wüsste schon, was ich am liebsten täte«, sagte Herr Taschenbier und rekelte sich. »Aber das geht nicht.«

»Was wäre das?«, forschte das Sams.

»Am liebsten würde ich einmal einen ganzen Tag im Bett verbringen und überhaupt nichts tun. Höchstens lesen.«

»Und warum soll das nicht gehen?«, fragte das Sams. »Du hast doch heute frei.«

»Na ja, das macht man halt nicht«, versuchte Herr Taschenbier zu erklären. »Stell dir vor, Frau Rotkohl kommt ins Zimmer und ich liege noch im Bett. Was denkt die dann wohl?«

»Was soll die schon denken?«, sagte das Sams. »Vielleicht: Morgen ist Freitag. Oder: Gestern war Mittwoch. Und selbst wenn sie denken würde: Herr Taschenbier liegt noch im Bett – was ist denn schon dabei?«

»Ich hätte wahrscheinlich den ganzen Tag ein schlechtes Gewissen.«

»Ein schlechtes Gewissen!«, äffte das

Sams nach. »Ich könnte drei Tage im Bett liegen und hätte keines. Höchstens Langeweile. Du hast es nur noch nie versucht. Heute bleibst du im Bett, Schluss, aus, abgemacht.«
»Und was soll ich essen?«, fragte Herr Taschenbier.
»Essen?«, wiederholte das Sams. »Du hast gesagt, du willst höchstens lesen.«
»Ich habe aber Hunger.«

»Na gut, du bekommst etwas zu essen«, stimmte das Sams zu. »Aber du musst im Bett bleiben. Ich werde es besorgen.«
»Dort in der Hosentasche findest du Geld. Du kannst zu einer Würstchenbude gehen und mir ein paar Knackwürste mit Brot kaufen«, sagte Herr Taschenbier, dem die Idee allmählich Spaß machte. »Ich hebe dich aus dem Fenster, dann kaufst du ein, und anschließend ziehe ich dich wieder herein. Die Rotkohl soll nicht merken, dass du immer noch da bist.«

»Das kommt nicht infrage«, sagte das Sams. »Wenn du einen Tag im Bett bleiben willst, musst du es auch wirklich streng einhalten. Du darfst nicht zwischendurch aufstehen, um mich aus dem Fenster zu heben.«
»Und wie willst du dann hinauskommen?«

»Ich klettere hinaus.«
»Und wie kommst du herein? Du kannst doch nicht allein hochklettern, wenn du das ganze Essen in der Hand hast.«
»Ich will ja gar nicht hinein.«
»So, so. Ich soll wohl hungern.«
»Wieso hungern?«, fragte das Sams. »Ich muss schließlich nicht hinein, sondern das Essen.«
»Also muss ich doch aufstehen, um dir die Knackwurst abzunehmen«, lachte Herr Taschenbier.
»Du bleibst im Bett!«, befahl das Sams. »Das Essen wird schon raufkommen.«
»Wie soll es denn ins Zimmer gelangen, wenn du es nicht raufbringen kannst und ich es nicht holen darf?«, fragte Herr Taschenbier.
»Dafür sorgt die KBA«, erklärte das Sams.
»Die KBA? Was ist denn das?«
»Die Knackwurst-Bring-Anlage«, übersetzte das Sams.
»So ein Unsinn«, sagte Herr Taschenbier. »Wo ist denn hier eine KBA?«
»Noch ist keine da. Aber schließlich hast du ja ein Sams im Haus«, erklärte es stolz und schlich aus dem Zimmer, ehe Herr Taschenbier weiterfragen konnte.
Nach ein paar Minuten kam es wieder zurück. Es hatte einen Besen und ein kleines Körbchen in der Hand.
»Sie hat nichts gemerkt«, sagte es zu Herrn Taschen-

bier, legte beides auf den Boden und kramte im Schrank.

»Was willst du mit dem Besen?«, fragte Herr Taschenbier. »Doch nicht etwa das Zimmer ausfegen?«

»Nein, Papa.« Das Sams lachte. »Das ist ein Teil der KBA.«

Herr Taschenbier sah zu, wie das Sams erst einen Stiefel aus dem Schrank holte, dann die Aktentasche mit schweren Büchern füllte und schließlich eine Flasche aus dem Regal nahm.

»Jetzt brauche ich noch Schnur. Viel Schnur«, meinte es dann. »Irgendwo habe ich doch eine Rolle Schnur gesehen. Ich weiß es genau, ich habe nämlich ein Stück davon probiert. Hat sehr gut geschmeckt.«

»Im Rucksack müsste Schnur sein«, sagte Herr Taschenbier. Er wurde immer neugieriger.

»Natürlich!«, rief das Sams und holte sie heraus. »Jetzt habe ich alles, was ich brauche.«

Zuerst schloss es die Zimmertür ab. Danach biss es ein Stück Schnur von der Rolle, knotete das eine Ende an der Lampe und das andere am Stiefel fest. Jetzt hing der Stiefel an der Lampe und pendelte hin und her.

»Sehr gut«, lobte sich das Sams, fasste nach dem Stiefel und stellte ihn auf die Türklinke.

Nun nahm es die Flasche, schob sie unter den hochgehobenen Stuhl und setzte ihn so ab, dass ein Stuhl-

bein auf der Flasche stand.

»Das ist aber eine wacklige Angelegenheit«, warnte Herr Taschenbier, der verständnislos zuschaute. »Ein kleiner Stoß, und der Stuhl fällt um.«

»Wirklich?«, strahlte das Sams. »Das ist gut.«

Nun musste es sich sehr anstrengen. Denn jetzt drehte es den Besen um, dass der Stiel nach unten zeigte, lehnte ihn senkrecht an die Wand, nahm die schwere Aktentasche, stieg damit auf den Tisch und setzte sie von dort oben auf den Besen.

»Das ist ja noch gefährlicher«, stellte Herr Taschenbier fest. »Ein kleiner Schubs gegen den Besenstiel, und die Aktentasche fällt herunter.«

»Richtig«, bestätigte das Sams und knüpfte den Rest der Schnur am Traggriff der Aktentasche fest.

Dann rollte
es die Schnur ab,
führte sie über die Gardinen-
stange und ließ das andere Ende aus
dem Fenster hängen.

»Ach so, das Körbchen«, sagte es, zog die Schnur noch einmal zum Fenster herein und band es daran fest. Dann ließ es das Körbchen aus dem Fenster.

»So, Papa, jetzt brauchst du nur noch deinen Spazierstock«, erklärte das Sams, nachdem es sachkundig die ganze Anlage betrachtet hatte.

»Einen Spazierstock? Wozu denn das?«, fragte Herr Taschenbier. »Langsam glaube ich, du spielst mir einen dummen Streich, und ich helfe dir auch noch dabei.«
»Aber nein, Papa, wie kannst du nur so was denken«, sagte das Sams. »Du brauchst den Spazierstock, damit du dir vom Bett aus das Körbchen mit der Knackwurst angeln kannst, wenn es durchs Fenster kommt. Du darfst doch nicht aufstehen.«
»Wie soll das Körbchen denn kommen? Du redest Unsinn«, sagte Herr Taschenbier.
»Natürlich kommt das Körbchen. Du musst nur ›Frau Grünkohl, Frau Grünkohl‹ rufen, wenn ich draußen pfeife«, erklärte das Sams.
»Ich kann nicht ›Frau Grünkohl‹ rufen, sonst fühlt sich Frau Rotkohl beleidigt und kommt schimpfend ins Zimmer«, wehrte Herr Taschenbier ab.
»Sie kann nicht ins Zimmer, ich habe abgeschlossen«, sagte das Sams. »Du musst ›Frau Grünkohl‹ rufen, sonst funktioniert die KBA nicht.«
»Na gut«, sagte Herr Taschenbier. »Obwohl ich nicht an deine Knackwurst-Bring-Anlage glauben kann.«
»Wirst schon sehen«, versprach das Sams und stieg aus dem Fenster.
Herr Taschenbier hatte ungefähr eine Viertelstunde gewartet, als das Sams mit den Knackwürsten unter dem Fenster anlangte. Es zog den Korb zu sich heran

und legte Brot und Wurst hinein. Dann steckte es zwei Finger in den Mund und pfiff.

Herr Taschenbier oben im Bett hörte den Pfiff. Aber er traute sich nicht recht, »Frau Grünkohl« zu rufen. Ihm kam das Ganze zu lächerlich vor. Erst als das Sams unten vor dem Fenster immer lauter pfiff, sagte er sich: Wenn die Rotkohl das Pfeifen hört, schimpft sie sowieso. Also kann ich gleich rufen.

Er holte tief Luft und schrie, so laut er konnte: »Frau Grünkohl, Frau Grünkohl!« Dann wartete er, ob nun irgendetwas geschehen würde.

Kaum hatte er gerufen, stand auch schon Frau Rotkohl vor seiner Tür und schimpfte: »So eine Frechheit! Was erlauben Sie sich denn eigentlich noch alles, Herr Flaschenbier?« Dabei rüttelte sie an der verschlossenen Tür und drückte die Klinke hinunter.

Und damit war die KBA in Gang gesetzt! Denn als Frau Rotkohl draußen die Klinke nach unten drückte, fiel drinnen der Stiefel herunter, der darauf gelegen hatte. Weil er an der Lampe festgebunden war, fiel er nicht zu Boden, sondern schwang an der Schnur zurück und stieß gegen den schräg gestellten Stuhl.

Durch den Anprall bekam der Stuhl das Übergewicht und fiel gegen den Besenstiel. Der wurde beiseitegeschleudert, und die Aktentasche, die darauf gestanden hatte, stürzte zu Boden. Da das eine Ende der Schnur an der Tasche befestigt war und mit ihr nach unten gezogen wurde, stieg das Körbchen am anderen Ende in die Höhe und hing mit seinem knackigen Inhalt unter der Gardinenstange. Und Herr Taschenbier brauchte wirklich nur noch den Spazierstock zu nehmen und das Körbchen zu seinem Bett herüberzuziehen.
Wenig später kam das Sams durch das Fenster geklettert und fragte: »War das nicht eine schöne KBA?«
»Ganz erstaunlich«, musste Herr Taschenbier zugeben, der essend im Bett saß. »Allerdings hätte es genügt, wenn du einfach das Körbchen an einer Schnur hinuntergelassen und später wieder heraufgezogen hättest.«
»Das stimmt schon«, gab das Sams zu. »Aber es hätte nicht halb so viel Spaß gemacht.«
»Und nicht ein Viertel so viel Krach«, fügte Herr Taschenbier hinzu. Aber er war nicht ärgerlich dabei.
»Bleibst du jetzt den ganzen Tag im Bett?«, fragte das Sams.
Herr Taschenbier nickte.
»Sehr gut«, lobte das Sams. »Ich werde spazieren gehen. Es ist mir zu langweilig hier. Immer im Zimmer. –

Immer im Zimmer?«, wiederholte es. »Da habe ich ja gereimt, ohne es zu wollen. Ich bin ein so guter Dichter, dass ich sogar dichte, wenn ich nicht will.«
»Ganz erstaunlich«, sagte Herr Taschenbier noch einmal, und das Sams kletterte aus dem Fenster, während es vor sich hin sang:

»Immer im Zimmer,
im immer Zimmer,
Zimmer im immer,
im Zimmer immer.«

Es schlenderte die Straße entlang und spielte Fußball mit einer leeren Dose, die aus einem Mülleimer gefallen war. Es schepperte so schön, wenn die Dose gegen den Rinnstein oder gegen eine Hauswand knallte. Schließlich trat es zu heftig gegen die Dose, und sie flog im Bogen über einen Zaun.
Eine Weile überlegte das Sams, ob es über den Zaun klettern und sein Spielzeug wiederholen sollte. Dann beschloss es, sich nach einer anderen Dose umzusehen, und ging weiter.
Nach einigen Schritten hörte es vor sich lautes Kindergeschrei,

lief schneller und kam gleich darauf zu einem Kinderspielplatz. Rings um den Platz standen Holzbänke. Auf denen saßen die Mütter und strickten, unterhielten sich und riefen ab und zu ihren Kindern etwas zu: »Wirf nicht mit Sand!« Oder: »Mach dich nicht schmutzig!« Oder: »Gib sofort die Schaufel zurück!«
Die Kinder spielten entweder in einem großen Sandkasten, oder sie rutschten die Rutsche hinunter. Manchmal versuchten sie auch, Nachlaufen zu spielen. Aber meist rief eine der Mütter sofort: »Lauf nicht so schnell, du fällst sonst hin.« Deswegen hörten sie gleich wieder auf und setzten sich in den Sandkasten.
Das Sams stieg in den Sandkasten und sah den Kindern beim Spielen zu. Sie füllten kleine Förmchen mit Sand und stülpten sie dann um.
»Was macht ihr denn da?«, fragte es.
»Siehst du doch, wir backen Sandkuchen«, sagte ein kleines Mädchen.
»Sandkuchen?«, fragte das Sams. »Darf ich mal versuchen?«
»Den kann man doch nicht essen«, sagte die Kleine und lachte.
»Warum denn nicht?«, fragte das Sams, schob sich einen kleinen Sandkuchen auf die Hand und schüttete ihn in den Mund.

»Mmm, schmeckt gut!«, rief es und schmatzte. »Kann ich noch einen Kuchen haben?«

Sofort war es von einem Kreis kleiner Kinder umgeben, die mit Vergnügen für es Sandkuchen backten und sich riesig freuten, dass es jemanden gab, der sie auch aufaß. Verstohlen probierte das eine oder andere von ihnen auch einen Finger voll Sand, bald kamen andere Kinder dazu, und schließlich saß das Sams schmatzend inmitten einer ganzen Herde von lachenden Kindern mit sandverschmierten Gesichtern.

Ein paar Mütter kamen zum Sandkasten, um nachzusehen, warum ihre Kinder so einen Lärm machten.

»Pfui! Du kannst doch nicht Sand essen! Hör sofort auf damit!«, riefen sie durcheinander und nahmen dem Sams die Sandkuchen weg.

»Warum denn?«, fragte das Sams. »Sand schmeckt doch gut.«

»Sand ist ungesund. Sand schadet dem Magen«, erklärten sie.

»Schadet dem Magen?«, fragte das Sams. »Das kann ich nicht glauben.« Es neigte den Kopf, fragte seinen Bauch: »Magen, schadet dir Sand?«, und antwortete mit hohem Stimmchen: »Nein, Robinson, Sand schadet mir überhaupt nicht.«

»Siehst du«, sagte es dann. »Mein Magen sagt, es schadet ihm überhaupt nicht.«

Die umstehenden Kinder lachten.
»Wenn du noch einmal Sand isst, schicken wir dich vom Spielplatz«, drohte eine Mutter, und die anderen nickten zustimmend.
»Geh zu den Größeren an die Rutsche! Hier machst du zu viel Unsinn«, befahl eine zweite.
Missmutig schüttelte das Sams den Sand vom Anzug und schlenderte hinüber zur Rutsche.
Man musste eine Eisenleiter hochklettern, stand dann auf einer kleinen Plattform und rutschte von da aus in einer Metallrinne nach unten. Vor der Leiter drängten sich die Kinder und warteten, bis sie an der Reihe waren. Manchmal dauerte es, weil ein ängstlicher Junge oben auf der Plattform stand und erst nach vielen Zurufen wagte, sich auf die Rutsche zu setzen.
Ein besonders lauter und kräftiger Junge stand unten und bestimmte, wer als Nächster rutschen durfte. Dabei war er nicht gerade sehr gerecht. Manche bevorzugte er, die durften dreimal rutschen, bevor andere an die Reihe kamen. Manche mochte er nicht leiden, die stellte er an das Ende.
»Warum lässt du dir das gefallen?«, fragte das Sams ein Mädchen, das der Junge eben aus der Reihe gewiesen und an das Ende gestellt hatte.
»Was soll ich denn tun?«, fragte das Mädchen achselzuckend. »Der Hubert ist doch der Stärkste.«

Der Junge, den sie Hubert genannt hatte, kam auf das Sams zugeschlendert, baute sich vor ihm auf und fragte drohend: »Hast du irgendwelche Zweifel?«
»Nicht zu fassen: So ein kleiner Junge und kann schon richtig reden. Du bist ja ein Wunderkind!«, spottete das Sams.
Die umstehenden Kinder kicherten.
»Ich gebe dir gleich: ein Wunderkind!«, sagte Hubert wütend.
»Nein danke, ich kann keines brauchen«, sagte das Sams großmütig.
»Aber *das* kannst du brauchen!«, schrie Hubert und trat nach dem Sams.

Das Sams wehrte den Tritt mit der Hand ab und hielt den Fuß von Hubert fest.
»*Das* meinst du?«, fragte es und zog Huberts Fuß höher, um ihn aus der Nähe zu betrachten. Hubert hüpfte auf dem anderen Bein herum und versuchte seinen Fuß aus den Händen des Sams zu zerren. Dabei verlor er das Gleichgewicht und setzte sich unsanft auf den Boden.
»Nein«, sagte das Sams, das seine Untersuchung beendet hatte. »Das kann ich nicht brauchen.« Damit ließ es den Fuß los. Die umstehenden Kinder lachten. Hubert sprang mit rotem Kopf auf die Füße.
»So, jetzt werde ich dir mal was zeigen«, schrie er, schob die Kinder beiseite und kletterte auf die Rutsche. »Das musst du erst einmal nachmachen, bevor du hier so angibst!«
Er legte sich auf den Bauch und rutschte so, den Kopf voraus, die Rutsche hinunter. Die Kinder riefen anerkennend »Toll!« oder »Klasse!«. Hubert kam zurück und stellte sich triumphierend vor dem Sams auf.
»Ist das alles, was du kannst?«, fragte das Sams, stieg ebenfalls auf die Rutsche, legte sich auf den Rücken und rutschte so, den Kopf voraus, hinunter. Aber nicht genug damit. Unten angekommen, ging es drei Schritte zurück, nahm Anlauf und rutschte die Rutsche wieder hinauf.

»Was sagst du *dazu*?«, fragte es, während es die Eisenleiter hinunterkletterte.
Die anderen Kinder klatschten Beifall und schrien viel lauter als vorher bei Hubert.
»Pass bloß auf, gleich hole ich meinen großen Bruder!«, drohte Hubert.
»Wo ist der denn?«, fragte das Sams.
»In der Stadt.«
»Das ist gut.« Das Sams freute sich. »Wenn du sowieso in die Stadt gehst, könntest du gleich meinen fünf Brüdern Bescheid sagen, dass sie auch kommen sollen. Du findest sie im Karate-Club. Sie üben dort gerade für die Europameisterschaften.«
»Du kannst mich überhaupt nicht ärgern. Du mit deinem doofen Anzug!«, schrie Hubert in höchster Wut.
»Das ist kein Doofenanzug, sondern ein Taucheranzug«, verbesserte das Sams sanft. »Aber das kannst du nicht wissen. Du hast auch sicher noch nicht im Stillen Ozean nach Haifischen gejagt.«
»Nach Haifischen? – Ist das wirklich ein Taucheranzug? Warst du im Stillen Ozean? – Erzähl doch mal!«, riefen die Kinder durcheinander. Alle drängten sich um das Sams, selbst Hubert machte neugierige Augen.
»Ich will euch doch nicht mit meinen Familiengeschichten langweilen«, wehrte das Sams bescheiden ab.

»Erzähl doch! Mit wem warst du denn da, sag doch!«, bettelten die Kinder.
»Ich war natürlich mit meinem Papa da«, erfand das Sams.
»Wie heißt er denn? Ist er Kapitän? Hat er auch so eine lustige Nase wie du?«

»Mein Papa heißt Taschenbier.«
»Taschenbier!« Die Kinder lachten. »Komischer Name.«
»Gefällt er euch nicht?«, fragte das Sams drohend.
Sofort hörten sie auf zu lachen.
»Mein Papa ist Steuermann auf einem großen Schiff«, erzählte es weiter.
»Und wie heißt der Kapitän?«, fragten die Kinder.
»Der Kapitän heißt Oberstein. Er versteckt immer den Anker, damit ihn die Diebe nicht stehlen können. Und

manchmal findet er ihn nicht wieder, dann bekommen alle Matrosen frei. Wir haben außerdem noch eine Köchin auf unserem Schiff. Sie heißt Rotkohl.«
Das Sams sah die Kinder an und fragte enttäuscht: »Warum lacht ihr nicht über die Rotkohl? Das ist wirklich ein komischer Name.«
Die Kinder lachten pflichtbewusst und drängten: »Jetzt fang doch endlich an!«
Das Sams blickte in die Luft, räusperte sich und begann: »Wir fahren also mit unserem schönen Schiff auf dem Tibetanischen Ozean ...«
»Ich dachte, es war der Stille Ozean?«, fragte ein Mädchen dazwischen.
»Man wird sich doch noch mal versprechen dürfen«, sagte das Sams. »Ich meinte natürlich den Ruhigen Ozean.«
»Wie sieht er denn aus?«, fragte das Mädchen weiter.
»Wie soll er schon aussehen?«, fragte das Sams zurück. »Oben ist der Himmel, und unten ist das Wasser. Auf diesem Wasser fahren wir also mit achtzig Sachen dahin. Ich liege gelangweilt an Deck und lasse mich von der heißen Sonne bescheinen. Da sehe ich plötzlich links von mir eine riesige, viereckige Flosse aus dem Wasser ragen. – Oder war es rechts?«, überlegte das Sams. »Lasst mich nachdenken, damit ich hier nichts Falsches erzähle.«

»Haifische haben dreieckige Flossen«, sagte ein kleiner Junge in die Denkpause hinein.
»So, haben sie?«, fragte das Sams. »Unterbrich mich nicht immer beim Nachdenken! Wo war ich stehen geblieben?«
»Bei der viereckigen Flosse«, riefen die Kinder.
»Ach so, bei der Flosse«, wiederholte das Sams. »Ich rufe sofort den Kapitän: ›Käpt'n, was ist denn das für ein seltsamer Fisch? Das kann kein Hai sein, er hat eine viereckige Flosse.‹ Der Kapitän sieht über Bord, wird ganz bleich, hält sich am Mast fest und stammelt: ›Das ist Ben Groll, der Mordhai! Wir sind verloren. Er hat schon mehr Seeleute aufgefressen als jeder Elefant.‹«
»Elefanten fressen doch überhaupt keine Seeleute auf«, wandte ein Mädchen ein.
»Eben deshalb«, sagte das Sams. »Das sagte ich doch.«
»Und warum hatte er eine viereckige Flosse?«, wollte der kleine Junge wissen.
»Die Spitze wurde ihm bei einem Kampf abgeschossen«, erklärte ihm das Sams beiläufig und erzählte weiter: »Sofort ziehe ich meinen Taucheranzug an, nehme ein langes Seil in die Hand und stürze mich vom Schiff aus ins Meer. Gerade neben die viereckige Mordhaiflosse.«
»Wirklich? Echt wahr?«, riefen die Zuhörer. »Und was ist dann passiert?«,

»Ich habe ihn überwältigt und ihm sein großes Mordhaimaul zugebunden.«
»Wie denn? Aber wie?«
»Mit dem Seil natürlich, das ich mitgenommen hatte.«
»Nein, wie du ihn überwältigt hast, wollen wir wissen.«
»Ich kann euch nicht jede kleinste Einzelheit erzählen«, wehrte das Sams ab. »Jedenfalls haben wir ihn am Seil hinter unserem Schiff hergezogen bis zum nächsten Hafen.«
»Und wo ist er jetzt?«, fragten die Kinder.
»Jetzt?«, fragte das Sams zurück und überlegte. Dann ging ein Leuchten über sein Gesicht. »Jetzt schwimmt er bei Frau Rotkohl in der Badewanne. Wenn ihr Lust habt, könnt ihr sie nächste Woche besuchen und nach dem Haifisch fragen. Aber ihr dürft nicht alle auf einmal kommen, sondern hübsch der Reihe nach. Und ihr müsst sehr oft klingeln, dann freut sie sich ganz besonders«, sagte das Sams, lachte glucksend in sich hinein und rannte nach Hause.

Freitag

der 11. Mai

Das Sams hatte die große Schreibtischschublade herausgezogen, sie auf den Boden gestellt und sich hineingesetzt. Jetzt ruderte es mit dem Spazierstock durch die Luft und sang dabei:

»Kommt einmal ein Hai
vorbei,
gibt es viel Geschrei.
Kommt das Sams im Nu
dazu,
gibt es sofort Ruh.«

Davon wurde Herr Taschenbier wach, setzte sich und sagte: »Aha, Robinson spielt wieder einmal Alarmanlage.«
»Nein, Schiff«, verbesserte das Sams. »Bist du denn immer noch nicht wach?«
»Doch, jetzt bin ich wohl oder übel wach«, antwortete Herr Taschenbier. »Bei diesem Lärm würde sogar ein Tauber rückwärts aus dem Bett fallen.«

»Rückwärts?«, lachte das Sams. »Dann wäre er plötzlich ein Rebuat und wüsste gar nicht, wieso.«
»Ein Rebuat?«, fragte Herr Taschenbier.
»Wenn Robinson rückwärts aus dem Bett fällt, wird er ein Nosnibor«, erklärte das Sams. »Und wenn der Eduard hinterherfällt, ist er mit einem Mal eine Draude. Natürlich nur, wenn er auch rückwärts unten ankommt.«
»Nosnibor, Draude! Ich verstehe kein Wort«, sagte Herr Taschenbier und zuckte die Schultern.
»Dann lies doch Robinson einmal rückwärts!«, forderte das Sams ihn auf. »Oder Eduard!«
Jetzt begriff Herr Taschenbier und sagte lachend: »Dann dürfen eben nur Leute rückwärts aus dem Bett fallen, die Otto oder Anna heißen.«
Das Sams nickte.
»Da wir gerade beim Fallen sind: Mir fällt eben ein Gedicht ein«, verkündete es. »Ich werde es jetzt vortragen.«
»Muss das sein, so früh am Morgen?«, knurrte Herr Taschenbier.
»Früh am Morgen?«, fragte das Sams. »Ich bin schon seit drei Stunden wach.«
»Du hast auch gestern nicht den ganzen Tag im Bett verbracht«, verteidigte sich Herr Taschenbier. »Du weißt ja gar nicht, wie das anstrengt.«

»Wenn du so weitermachst, wirst du so faul wie der Udakak«, sagte das Sams.
»Was ist das schon wieder?«, fragte Herr Taschenbier.
»Du willst ja kein Gedicht hören«, sagte das Sams schnippisch.
»Dann fang nur an, sonst platzt du noch vor Ungeduld«, gestattete Herr Taschenbier.
Das Sams ließ sich das nicht zweimal sagen, stellte sich in der Schublade auf und begann:

»Udakak und Lidokork.«

Dann machte es eine lange Pause und holte tief Luft.
»Das war aber ein kurzes Gedicht«, sagte Herr Taschenbier dazwischen.
»Das ist doch die Überschrift«, erklärte das Sams.
Herr Taschenbier lachte.
»Das hat man nun davon, wenn man seinen Papa einen ganzen Tag im Bett liegen lässt«, sagte das Sams.
»Jetzt macht er sich schon über mich lustig. Also, das Gedicht heißt:

Udakak und Lidokork

Ein großes grünes Lidokork,
das badete im Nil.

Dann stieg es rückwärts aus dem Fluss
– und war ein Krokodil.
Da rennt zum kleinen Udakak
das grüne Ungetüm.
›Flieg rückwärts aus dem Wald heraus!‹,
befiehlt es ungestüm.
Der Kleine schüttelte den Kopf.
Er war zu faul dazu.
Drum wurde aus dem Udakak
niemals ein Kakadu.«

»Gar nicht schlecht«, lobte Herr Taschenbier. »Hast du es schon gekannt oder eben erst erfunden?«
»Ganz frisch gedichtet!«, antwortete das Sams stolz, verbeugte sich und stieg aus seinem Boot.
»Trotzdem muss ich dich bitten, die Schublade wieder einzuräumen, während ich mich jetzt wasche und anziehe«, erklärte Herr Taschenbier dem Sams.
»Das ist ein Boot«, verbesserte es.
»Dann wirst du eben das Boot einräumen.«
»Noch vor dem Frühstück?«
»Noch vor dem Frühstück! Ich wünsche es«, sagte er sachlich.
Sofort machte sich das Sams an die Arbeit.
»Sag mal, du hast ja überhaupt keine blauen Punkte mehr im Gesicht«, sagte Herr Taschenbier, als er dem

Sams beim Aufräumen zusah. »Hast du dich gewaschen?«
»Überhaupt keine Punkte?«, fragte das Sams erschrocken und hörte auf zu arbeiten. »Wo ist ein Spiegel?«
»Ein paar Punkte sind noch da«, beruhigte es Herr Taschenbier. »Aber der große auf der Nasenspitze ist weg. Dabei möchte ich wetten, dass er vorhin noch zu sehen war.«
»Du hast ihn doch gerade weggewünscht«, rief das Sams.
»Ich?«, fragte Herr Taschenbier.
»Ganz sicher!«
»Rede keinen Unsinn!«, sagte er. »Wann soll ich denn diesen Punkt weggewünscht haben?«
»Eben hast du doch gesagt, dass du es wünschst«, erklärte das Sams.
»Dass ich was wünsche?«, fragte er zurück.
»Du hast gewünscht, dass ich aufräume.«
»Na, siehst du«, sagte Herr Taschenbier. »Aber nicht, dass dein Punkt verschwindet.«
»Er verschwindet doch, wenn du dir etwas wünschst«, rief das Sams.
»Wer verschwindet?«, fragte Herr Taschenbier.
Das Sams klopfte sich an den Kopf, fassungslos über so viel Dummheit. »Der Punkt!«, rief es. »Jedes Mal, wenn du dir etwas wünschst, verschwindet doch ein

Punkt aus meinem Gesicht. Und wenn kein Punkt mehr da ist, kannst du dir nichts mehr wünschen.«

»Warum soll ich mir dann nichts mehr wünschen können?«, fragte Herr Taschenbier.

»Du kannst dir schon etwas wünschen, aber es geht nicht in Erfüllung«, verbesserte sich das Sams.

»Du willst damit sagen: Alles, was ich mir wünsche, geht in Erfüllung?«, fragte Herr Taschenbier aufgeregt.

»Aber natürlich«, rief das Sams zurück. »Hast du das denn nicht gewusst?«

»Nein! Warum hast du es mir nicht gesagt?«

»Das ist doch immer so bei Samsen.«

»Aber das weiß ich doch nicht.«

»Warum hast du dann immer gesagt: ›Ich wünsche‹, wenn du etwas von mir wolltest?«

»Weil ich sehr schnell herausgefunden habe, dass du nur das tust, was ich will, wenn ich ausdrücklich sage: ›Ich wünsche es.‹«

»Na, siehst du«, sagte das Sams.

»Das sagt noch gar nichts«, wehrte Herr Taschenbier ab. »Wenn du zu mir sagst: ›Ich wünsche, dass du dich endlich anziehst‹, dann ziehe ich mich an. Deswegen kann ich noch lange nicht Wünsche erfüllen.«

»Und wie war das, als du wünschtest, dass die Rotkohl auf dem Schrank sitzen soll? Und, dass am Montag die Arbeit ausfällt?«, fragte das Sams zurück.

»Das war reiner Zufall«, entgegnete Herr Taschenbier.
»Die Rotkohl saß auf dem Schrank, weil die Leiter umfiel, und die Arbeit fiel aus, weil der Chef den Schlüssel verlegt hatte.«
»Nein, nein, nein!«, schrie das Sams. »Das alles geschah nur, weil du es gewünscht hast.«
Mit nachdenklichem Gesicht setzte sich Herr Taschenbier wieder auf sein Bett. Dann sah er das Sams an und sagte: »Ich wünschte, ich bekäme jetzt ein schönes Frühstück.«
Er hatte kaum ausgesprochen, da klopfte Frau Rotkohl an die Tür, kam ins Zimmer und stellte das Frühstückstablett auf den Tisch.
»Aha«, schrie sie, als sie das Sams sah. »Ich habe es geahnt, Herr Flaschenbier. Nicht umsonst habe ich Ihnen das Frühstück aufs Zimmer gebracht, nicht umsonst! Ich wollte sehen, ob dieser Robinson noch hier ist. Ich gebe Ihnen zehn Minuten Zeit. Wenn dieses freche Kind in zehn Minuten immer noch in meinem Haus ist, können Sie Ihre Koffer packen. Verstanden?«
Damit rannte sie aus dem Zimmer und knallte die Tür hinter sich zu.
»Na, siehst du!«, sagte das Sams.
»Nichts sehe ich, überhaupt nichts!«, rief Herr Taschenbier. »Alles, was ich sehe, ist, dass sie mir halb gekündigt hat.«

»Hast du das gewünschte Frühstück oder nicht?«, fragte das Sams.
»Ich habe es«, gab er widerwillig zu. »Aber es kann wieder nur ein Zufall gewesen sein. – Ich weiß aber jetzt, wie ich mit Sicherheit herausbekomme, ob du wirklich Wünsche erfüllen kannst oder nicht.«
»Wie denn?«, fragte das Sams.
»Indem ich mir etwas ganz Ausgefallenes wünsche. Etwas, was es eigentlich überhaupt nicht geben kann.«
»Und das wäre?«
»Ich wünsche, dass es hier in meinem Zimmer schneit!«
»So ein blöder Wunsch. So ein strohblöder Wunsch!«, beklagte sich das Sams und rannte zum Schrank.
»Was willst du denn im Schrank?«, fragte Herr Taschenbier.
»Mir einen Mantel holen«, rief das Sams aus dem Schrank. »Ich will doch nicht erfrieren.«
Da begann es auch schon zu schneien.
Ein eisiger Wind wehte aus der Nordost-Ecke des Zimmers und wirbelte Schneeflocken über Bett, Schreibtisch und Schrank. Die Gardinen blähten sich, und das Kaffeegeschirr klirrte.
»Bring mir auch einen Mantel!«, rief Herr Taschenbier dem Sams zu. »Und vergiss nicht die warmen Socken!«
Als er sprach, dampften helle Atemwolken aus seinem

Mund. Er stand im Bett und steckte die frierenden Hände unter die Achseln.

»Wird gemacht!«, schrie das Sams durch den Sturm zurück und machte sich auf den Weg zum Bett.

Mutig stapfte es durch den kniehohen Schnee und arbeitete sich durch die meterhohe Schneeverwehung hinter dem Schreibtisch durch.

»Wir müssen einen Unterstand bauen«, erklärte es Herrn Taschenbier, als es beim Bett angelangt war. »Sonst werden wir völlig eingeschneit.«

Gemeinsam hoben sie die Bettdecke hoch, hängten sie über sich und verkrochen sich darunter.

Da brach auch schon die Gardinenstange mit dem Vorhang unter der Schneelast zusammen und gab den Blick auf das Fenster frei. Durch die Eisblumen auf der Außenseite des Glases konnten sie draußen undeutlich die warme Morgensonne sehen. Drinnen sank die Temperatur weiter unter den Gefrierpunkt. Der eingeschenkte Kaffee in der

Tasse war längst steinhart gefroren. Der Schreibtisch war nicht mehr zu sehen, so hoch lag der Schnee. Vom Stuhl ragte nur noch die Lehne aus dem Weiß.

»Wir müssen höher steigen, sonst werden wir unter dem Schnee begraben«, stellte Herr Taschenbier fest. Gleich darauf donnerte eine Schneelawine vom Schrank und verfehlte die beiden in ihrem Unterstand nur um wenige Zentimeter.

»Auf den Schrank!«, rief das Sams und kletterte voraus. Herr Taschenbier stieg hinterher.

In der Zwischenzeit stand Frau Rotkohl in der Küche und beobachtete die Uhr.

»Es sind schon mehr als zehn Minuten vergangen, und dieses ungezogene Kind ist immer noch nicht aus dem Haus«, schimpfte sie. »Jetzt hat der Flaschenbier endgültig ausgespielt. Ich kündige ihm!«

Mit diesem Gedanken rannte sie aus der Küche, hastete über den Flur, riss die Tür von Herrn Taschenbiers Zimmer auf und rief: »Herr Flaschen...«
Mehr konnte sie nicht sagen. Denn eine gewaltige Schneelawine stürzte aus der Tür, begrub Frau Rotkohl unter sich, rollte wie ein riesiger Schneeball durch den Flur und weiter in die Küche. Dort stieß der Riesenschneeball gegen den Küchenschrank, zerbrach und gab Frau Rotkohl frei, die wie der Kern einer Pflaume mitten in der großen Kugel gesessen hatte.
»So eine schlimme Unordnung! Meine schöne Küche!«, schrie sie entsetzt und begann, den Schnee auf die Schaufel zu kehren.
Drinnen im Zimmer kuschelten sich Herr Taschenbier und das Sams auf dem Schrank eng aneinander. Es wurde immer kälter, und der Schnee stieg immer höher. Von der Stuhllehne war inzwischen auch nichts mehr zu sehen.
Aus der Gegend, wo vorher der Schreibtisch gestanden haben musste, ertönte ein dumpfes, grollendes Brummen. Gleich darauf wühlte sich etwas Großes, Weißes aus dem Schnee und zeigte ein rotes Maul und spitze Zähne.
»Wa-wa-was ist da-da-das?«, fragte Herr Taschenbier und klapperte vor Angst und vor Kälte mit den Zähnen.

»Ein Ei-Ei-Eisbär, nehme ich a-a-an«, klapperte das Sams zurück.
»Wo-ho-ho kommt der he-her?«, wunderte sich Herr Taschenbier.
»Wo Eis und Schnee si-si-sind, si-si-sind die Eisbären nicht weit«, schnatterte das Sams.
»Vielleicht sollte ich mir wü-wü-wünschen, dass aus meinem Spazierstock ein Gewehr wird«, überlegte Herr Taschenbier.
»Ka-ka-kannst du denn schießen?«, fragte das Sams.
»Nein, wo hä-hätte ich das denn lernen sollen?«
»Dann wü-wüsste ich einen besseren Wu-Wunsch!«
»We-welchen denn?«
»Tauwetter!«
»Na-na-natürlich!«, schrie Herr Taschenbier und schlug sich mit der Hand an die Stirn. »Daran habe ich in der Au-Aufregung gar nicht gedacht. Ich wü-wünsche, dass es taut und dieses dumme Schneewetter sofort aufhört!«
Kaum hatte er ausgesprochen, hörte es schon auf zu schneien, und es wurde merklich wärmer. Man konnte geradezu sehen, wie der Schnee schmolz. Es tropfte vom Schrank und vom Regal, erst wurde die Stuhllehne sichtbar, dann der Schreibtisch und schließlich das Bett.
Nur: Aus dem geschmolzenen Schnee war natürlich

Wasser geworden, und das Bett schwamm sanft und schaukelnd an seinem Platz neben der Wand. Vom Schrank, vom Regal und von der Lampe rann weiter das Wasser, und bald schwamm auch der Stuhl neben dem Schreibtisch auf und ab. Und schließlich begann sich auch der Schreibtisch im See langsam zu wiegen. Nur der Eisbär schwamm noch nicht. Er saß bis zum Hals im Wasser und betrachtete mit blödem Gesichtsausdruck die Butterdose, die vor seiner Nase auf und ab schaukelte.

»Jetzt soll mich dieser Flaschenbier kennenlernen!«, rief in der Zwischenzeit Frau Rotkohl in der Küche. Sie war gerade damit fertig, den Schnee aus dem Fenster zu schaufeln. »Dieses Durcheinander wird er mir büßen! Ich kündige ihm auf der Stelle!«
Damit rannte sie aus der Küche, hastete über den Flur,

riss die Tür von Herrn Taschenbiers Zimmer auf und rief: »Herr Fla...«

Mehr konnte sie nicht sagen. Denn eine meterhohe Flutwelle schoss aus der geöffneten Tür, riss ihr die Beine unter dem Leib weg, wirbelte sie ein paarmal um sich selbst, nahm sie mit über den Flur und gab sie erst frei, als sich die Wellen schäumend am Kühlschrank gebrochen hatten und langsam durch die Küche zurückfluteten.

Frau Rotkohl saß tropfend auf dem Kühlschrank und schrie böse: »So eine nasse Unordnung! Meine schöne Küche!«

Dann stieg sie herunter, watete durch das Wasser zum Schrank und suchte nach einem Lappen.

Drinnen im Zimmer sagte währenddessen das Sams oben auf dem Schrank zu Herrn Taschenbier: »Ich glaube, du solltest etwas gegen die Nässe unternehmen, Papa.«

Herr Taschenbier nickte und sagte: »Ich wünsche, dass alles wieder trocken wird. Und zwar sofort.«

Er hatte kaum ausgesprochen, da sah das Zimmer aus wie vor dem Schneesturm. Nur die Gardinenstange lag noch auf dem Fußboden. Und in der Küche kniete Frau Rotkohl kopfschüttelnd auf dem trockenen Boden, den Lappen in der Hand, und sagte: »Entweder ich bin verrückt, oder dieser Flaschenbier hat mich schon wieder reingelegt! Jetzt werde ich ihm endgültig kündigen.«

Damit warf sie den trockenen Lappen in die Ecke und rannte über den Flur. Gerade als sie die Tür von Herrn Taschenbiers Zimmer öffnen wollte, ging die von allein auf, und ein riesiges weißes Tier schob sich heraus. Es war der Eisbär, dem es drinnen zu warm wurde.

Frau Rotkohl kreischte: »Haustiere in der Wohnung sind verboten! Das steht im Mietvertrag.«

Der Eisbär öffnete seinen großen Rachen, zeigte seine spitzen Zähne und gähnte. Frau Rotkohl machte kehrt, raste in die Küche zurück und schloss die Tür.

Das Tier kümmerte sich überhaupt nicht um sie. Es trottete zur Haustür, öffnete sie mit seiner weißen Pranke und setzte sich draußen in den Schneehaufen, den Frau Rotkohl aus dem Küchenfenster geschaufelt hatte.

»Ich wundere mich, dass die olle Rosenkohl noch nicht gekommen ist«, sagte eine Weile später das Sams. Es stand auf dem Schreibtisch und befestigte die Gardinenstange mit den Vorhängen an der Wand. Herr Taschenbier stand auf einem Stuhl und half ihm dabei. Er hatte immer noch den dicken Wintermantel an und geriet langsam ins Schwitzen.

»Ich wundere mich nicht«, antwortete er. »Wenn man erst einen Schneesturm mit Eisbär und dann ein Tauwetter mit Überschwemmung im eigenen Zimmer erlebt hat, wundert man sich über gar nichts mehr.«

»Hauptsache, du glaubst jetzt an die blauen Punkte«, stellte das Sams fest. »Soll ich mich an deinem Gürtel aus dem Fenster hängen?«

»Wozu soll das gut sein?«

»Die Rosenkohl will dir doch kündigen, wenn ich in zehn Minuten nicht aus dem Zimmer bin. Wenn sie jetzt kommt, sagst du einfach: ›Er hängt ja draußen!‹ Dann kann sie dich nicht hinauswerfen.«

»Das wird sie bald sowieso nicht mehr können. Schließlich habe ich ja ein Sams mit blauen Punkten!«

»Was willst du denn tun?«

Herr Taschenbier lächelte und sagte dann: »Ich wünsche, dass Frau Rotkohl immer dann, wenn sie mit mir schimpfen will, genau das Gegenteil von dem sagt, was sie eigentlich sagen will!«

Frau Rotkohl hatte inzwischen ihren Schreck überwunden, öffnete die Küchentür ein wenig und spähte hinaus. Von dem Tier war nichts zu sehen. Sie streckte den Putzlappen an einem Besenstiel durch den Türspalt und wedelte damit auf und ab. Nichts geschah. Jetzt wurde sie mutig und trat in den Flur hinaus. Durch die geöffnete Haustür sah sie den Eisbären draußen auf dem Schnee sitzen. Sie schlich zur Tür, knallte sie zu und schloss ab. Dann drehte sie sich um, eilte zu

Herrn Taschenbiers Zimmer, riss die Tür auf, stürmte mit zornrotem Gesicht hinein, stemmte die Arme in die Hüften und schrie:

»Herr Taschenbier, Sie sind ein außergewöhnlich netter und lieber Mensch. Ich könnte mir keinen besseren Mieter vorstellen.«

Herr Taschenbier stand immer noch auf dem Stuhl. Er verneigte sich dankend und antwortete: »Das haben Sie hübsch gesagt, Frau Rotkohl. Sehr hübsch!«

»Es macht mir überhaupt nichts aus, dass Sie auf meinem schönen Stuhl stehen, er ist sowieso schon fünfunddreißig Jahre alt und muss neu überzogen werden!«, schrie Frau Rotkohl weiter.

»Das ist gar nicht nötig, Frau Rotkohl. Der Bezug ist doch noch gut«, wehrte Herr Taschenbier bescheiden ab.

»Was ... was ... sage ich überhaupt?«, stammelte Frau Rotkohl mit großen Augen. »Ich meinte natürlich: Sie könnten auch wieder einmal neue Vorhänge brauchen.«

»Dazu sage ich nicht Nein«, antwortete er. »Die alten hatten so ein hässliches Muster.«

»Was sagen Sie da? Hässliches Muster?«, schrie sie. »Das Muster ist ganz abscheulich, geradezu grässlich.«

»Sehr richtig«, bestätigte er und blinzelte dem Sams zu. »Was ist eigentlich mit Robinson?«

Sofort wurde sie wieder ganz rot im Gesicht und begann mit lauter Stimme zu schreien: »Dieser Robinson! Das ist das artigste und ruhigste Kind, das ich je erlebt habe. Lassen Sie ihn doch bitte noch ein wenig hier. Ich freue mich so auf das gemeinsame Frühstück. Falls er länger bleibt, zahlen Sie natürlich zwanzig Euro weniger Miete. Der Junge kostet Sie ja auch Geld.«
Frau Rotkohl lauschte verwirrt ihren eigenen Worten und sagte: »Ich weiß gar nicht, was ich rede! Das wollte ich eigentlich nicht sagen. Ich meinte: Wenn der nette Junge bleibt, zahlen Sie natürlich dreißig Euro weniger Miete.«
»Das kommt überhaupt nicht infrage, Frau Rotkohl«, wehrte Herr Taschenbier ab. »Ich zahle meine Miete weiter wie bisher.«
»Ich wollte sagen ...« Sie hielt inne und schüttelte den Kopf. »Wenn es Ihnen recht ist, gehe ich jetzt wieder in mein Zimmer. Sie entschuldigen mich. Ich wünsche noch einen schönen Morgen.«
Damit nickte sie und ging.
»Eine höfliche Frau!«, stellte das Sams fest.
»Nur noch ein wenig laut«, meinte Herr Taschenbier. »Wie angenehm es doch ist, wenn man mit freundlichen Leuten zusammenwohnt. Ich möchte wetten, dass es ihr mit der Zeit sogar Spaß macht, so zu sein.

Sie wird bald merken, dass es mehr anstrengt, wenn man den ganzen Tag nur schimpft.«
»Hast du auch gehört, was sie von mir gesagt hat?«, fragte das Sams. »Ich bin das ruhigste Kind, das sie je erlebt hat. Und du behauptest immer, ich wäre eine Alarmanlage.«
»Manchmal wünschte ich, sie hätte recht. Besonders am frühen Morgen«, seufzte Herr Taschenbier.
»Halt, halt!«, schrie das Sams erschrocken. »Pass auf, dass du dir nicht aus Versehen so etwas wünschst! Denn erstens möchte ich kein ruhiges Kind werden, und zweitens musst du dir deine Wünsche jetzt gut einteilen. Ich kann mein Gesicht nicht sehen, aber ich glaube, dass ich nicht mehr allzu viele Punkte habe.«
Herr Taschenbier betrachtete das Sams. »Du hast recht«, sagte er dann. »Ich sehe nur noch zwei blaue Punkte neben dem linken Ohr.«
»Hui!«, machte das Sams. »Dann überlege aber gut, was du mit denen anfangen willst.«
»Das lass uns morgen überlegen!«, schlug Herr Taschenbier vor. »Heute wollen wir lieber in der Sonne spazieren gehen und uns freuen, dass wir diesen fürchterlichen Schneesturm so gut überstanden haben.«
»Morgen?«, fragte das Sams. »Aber morgen bin ich doch nicht mehr da, Papa!«
»Nicht mehr da? Wieso?«

»Morgen ist doch Samstag!«
»Ja, und?«
»Samse bleiben doch nur bis Samstag.«
»Du willst morgen wirklich weggehen? Das ist doch nicht dein Ernst«, fragte Herr Taschenbier.
»Doch, Papa. Das ist immer so bei Samsen. Deshalb musst du dir heute etwas wünschen.«
»Kannst du wirklich nicht bleiben? Ich frage nicht nur wegen der Wünsche«, fing Herr Taschenbier noch einmal an.
Aber das Sams schüttelte den Kopf und sagte: »Nein, es geht nicht.«
Herr Taschenbier setzte sich an seinen Schreibtisch und schaute nachdenklich vor sich hin. Schließlich nahm er ein Stück Papier und schrieb mit dem Bleistift einige Worte untereinander. Nach einer Weile schüttelte er den Kopf, strich alles wieder durch, was er sich notiert hatte, und dachte weiter nach.
»Was machst du?«, fragte das Sams.
»Ich überlege, was ich mir wünschen soll«, erklärte er ihm.
»Es ist besser, ich gehe allein spazieren«, beschloss das Sams. »Dann kannst du ungestört nachdenken, und ich kann ungestört singen.«
Herr Taschenbier nickte geistesabwesend.
»Falls du ein Gedicht machen willst, wird es allerdings

schwierig«, fuhr das Sams fort. »Denn auf ›Wunsch‹ reimt sich höchstens ›Punsch‹, und auf ›wünschen‹ reimt sich überhaupt nichts.«

»Nein danke«, sagte Herr Taschenbier. »Punsch werde ich mir bestimmt nicht wünschen.«

»Dann eben nicht«, sagte das Sams und kletterte aus dem Fenster.

Herr Taschenbier saß den ganzen Nachmittag vor seinem Zettel und überlegte. Zwischendurch schrieb er, strich wieder aus, schrieb neue Worte hin, dachte weiter nach.

Als das Sams am Spätnachmittag seinen Kopf durchs Fenster streckte und fragte: »Na, Papa, was wünschst du dir denn jetzt? Unzerreißbare Hosenträger oder ein Auge am Hinterkopf oder einen karierten Elefanten?«, blickte er von seinem Blatt auf und meinte: »Ich werde nie den richtigen Wunsch finden. Jedes Mal glaube ich, jetzt hätte ich das Richtige. Dann denke ich darüber nach, und schon scheint es mir das Falsche zu sein. Was nützt einem Geld, wenn man krank wird! Was nützen Gesundheit und hohes Alter, wenn man sein Leben in einem Gefängnis zubringen muss! Was nützt einem Freiheit, wenn man bettelarm oder blind ist! So geht das weiter. Ich muss noch mehr nachdenken.«

»Dir wird bestimmt etwas einfallen«, tröstete ihn das Sams und kletterte wieder nach unten.

Als es am Abend zurückkam, saß Herr Taschenbier strahlend auf seinem Bett.

»Hast du dir etwas Schönes ausgedacht?«, fragte das Sams.

Herr Taschenbier nickte.

»Was ist es denn?«, wollte das Sams wissen.

»Ich wünsche mir eine Wunschmaschine, die Wünsche erfüllen kann!«

»Sehr gut! Sehr guter Wunsch!« Das Sams freute sich.

Gleich darauf klingelte es draußen an der Wohnungstür. Frau Rotkohl klopfte an die Tür und sagte: »Herr Taschenbier, hier ist ein Paket für Sie abgegeben worden. Ich finde es sehr nett, dass so spät am Abend noch Leute klingeln. Darf ich es Ihnen ins Zimmer bringen?«

Herr Taschenbier riss die Tür auf, nahm ihr das Paket ab und stellte es auf den Schreibtisch. Dann verschloss er die Tür. Als er die Schnur und das Einwickelpapier mit zitternden

Fingern entfernt hatte, stand eine wunderschöne, metallglänzende Wunschmaschine auf der Schreibtischplatte. In ihrem Gehäuse spiegelte sich das entzückte Gesicht von Herrn Taschenbier wider.

»Sehr schön!«, rief das Sams.

»Wirklich sehr schön«, stimmte Herr Taschenbier zu. »Wo kann man sie anstellen?«

»Überhaupt nicht«, sagte das Sams.

»Überhaupt nicht? Wieso?«, fragte Herr Taschenbier empört.

»Es gibt Wunschmaschinen mit Drehgriff und Wunschmaschinen, die man mit einem Druckknopf anstellt«, erklärte das Sams. »Du hast nur gesagt, dass du dir eine Wunschmaschine wünschst. Ich wusste nicht, welche Sorte es sein soll. So habe ich erst einmal die Maschine bringen lassen. Jetzt kannst du dir einen Drehgriff oder einen Druckknopf dranwünschen. Du hast ja noch einen Wunsch.«

»Dann wünsche ich mir einen Druckknopf an die Wunschmaschine. Einen roten, damit man ihn besser sieht«, sagte Herr Taschenbier sofort. Aber mit der Maschine geschah nichts. Er ging um sie herum, das Sams aufgeregt hinterher. Von einem Knopf war nichts zu sehen. Herr Taschenbier versuchte es noch einmal.

»Ich wünsche mir eine Wunschmaschine mit einem roten Druckknopf zum Anstellen«, sagte er laut und

deutlich. Aber es kam kein roter Knopf an die Maschine und auch keiner in einer anderen Farbe. Herr Taschenbier schaute das Sams an und rief dann: »Du hast ja überhaupt keinen Punkt mehr! Kein Wunder, dass sich an der Maschine nichts rührt.«
»Keinen Punkt?«, fragte das Sams. »Du hast doch gesagt, es wären noch zwei da!«
»Es waren ja auch zwei.«
»Wie sahen sie denn aus?«
»Sie lagen ganz dicht beieinander. Der eine genau unter dem anderen.«
»Ich habe es ja geahnt«, sagte das Sams. »Das waren nicht zwei Punkte. Das war ein Punkt, und zwar ein Doppelpunkt. Er gilt für besonders schwierige und ausgefallene Wünsche. Wenn ich keinen Punkt mehr habe, kann ich auch keine Wünsche mehr erfüllen. Es tut mir leid.«

»Was nützt mir eine Wunschmaschine, die ich nicht anstellen kann«, sagte Herr Taschenbier traurig. »Meinetwegen kannst du sie aufessen. Eisen schmeckt dir doch gut.«

»Aber nein, Papa«, wehrte das Sams ab. »Ich muss zwar jetzt gleich fortgehen, weil es in wenigen Minuten zwölf Uhr ist. Aber du weißt doch, was geschehen muss, damit ich wiederkommen kann. Wenn ich wiederkomme, werde ich neue blaue Punkte haben. Dann werde ich dir ganz viele Wünsche erfüllen.«
»Was muss denn geschehen?«, fragte Herr Taschenbier.
»Weißt du es nicht? Am Sonntag Sonne, am Montag Mon, am Dienstag Dienst ...«
»Ich weiß, ich weiß«, rief Herr Taschenbier. »Und am Samstag Sams!«
»Ich freue mich schon sehr darauf«, sagte das Sams. »Aber jetzt muss ich erst einmal gehen.«
Herr Taschenbier rannte zum Schrank, wühlte darin und kam mit einer dicken Wolljacke und einem Paar brauner Stiefel zurück.
»Das ist für dich«, sagte er und gab es dem Sams. »Die Nächte sind noch ziemlich kühl. Du darfst es mitnehmen.«
»Das ist lieb, Papa«, sagte das Sams erfreut. »So eine schöne Jacke und so schöne Schuhe! Das schmeckt aber gut.«
Und ehe Herr Taschenbier etwas einwenden konnte, hatte das Sams Jacke und Schuhe aufgefressen.
»Schmeckt gut«, sagte es kauend. »Auf Wiedersehen,

Papa. Es hat mir sehr gut bei dir gefallen. So gute Schuhe und so gute Wolle! Ich freue mich schon richtig auf unser Wiedersehen.«
Damit öffnete es das Fenster und stieg hinaus.
Herr Taschenbier sah von oben, wie es durch den dunklen Vorgarten zu dem Eisbären ging, der noch immer unter dem Küchenfenster lag. Es stieg auf seinen Rücken und ritt langsam davon. Als der Bär unter einer Straßenlaterne vorbeitrottete, leuchtete sein Fell noch einmal hell im Licht auf, dann war er mit seinem Reiter in der Dunkelheit verschwunden.

Samstag

der 12. Mai

Lieber Freund Mon!

Bitte besuche mich am nächsten Montag. Es ist sehr wichtig für mich. Ich werde Dir natürlich die Fahrt bezahlen. Du musst aber unbedingt am Montag kommen!

Herzliche Grüße
Dein Freund Taschenbier

Als der Brief geschrieben war, klebte er ihn zu, schrieb die Adresse auf den Umschlag und eilte aus dem Haus. Frau Rotkohl schaute aus ihrem Wohnzimmerfenster und rief kopfschüttelnd: »Einen schönen guten Morgen, Herr Taschenbier. Ich finde es überhaupt nicht ungewöhnlich, dass Sie im Schlafanzug durch den Vorgarten rennen.«
Herr Taschenbier blickte an sich herunter, bemerkte, dass er in der Eile vergessen hatte, sich anzuziehen, und stürzte ins Haus zurück.
Es dauerte kaum fünf Minuten, da kam er schon wieder herausgeschossen, diesmal im dunkelbraunen An-

zug. Er eilte an der grüßenden Frau Rotkohl vorbei zur nächsten Straßenecke. Dort hing ein Briefkasten. In den steckte er den Brief hinein und ging dann in sein Zimmer zurück.
Kaum hatte er sich drinnen auf sein Bett gesetzt, fuhr er schon wieder in die Höhe und rief: »Ich Esel! Jetzt habe ich in der Aufregung vergessen, eine Briefmarke auf den Umschlag zu kleben.«
Herr Taschenbier setzte sich noch einmal an den Schreibtisch und schrieb den Brief ein zweites Mal. Dann klebte er eine Marke auf den Umschlag und eilte zum dritten Mal aus dem Haus, einen Brief in der Hand.
Als er vom Briefkasten zurückkehrte, schaute Frau Rotkohl noch immer aus ihrem Fenster.
»Ich finde es vortrefflich, dass Sie aus meinem Haus einen Taubenschlag machen«, rief sie ihm zu, als er durch den Vorgarten ging. »Immerzu hinaus und herein, sehr erfreulich!« Herr Taschenbier kümmerte sich nicht um ihr Gerede. Er fragte: »Wie wird morgen das Wetter?«
»Woher soll ich das wissen?«, fragte sie zurück.
»Vielleicht haben Sie den Wetterbericht gehört«, meinte er.
»Ach so, natürlich«, sagte sie. »Es bleibt schön. Sonnenschein den ganzen Tag, hat das Radio gesagt.«

»Sonntag Sonne, sehr gut!«, rief er, eilte in sein Zimmer und schloss die Tür ab.

Nun sitzt Herr Taschenbier in seinem Zimmer und wartet.

Er wartet auf eine Woche, in der wieder am Sonntag die Sonne scheint und am Montag Herr Mon kommt. In der am Dienstag Dienst und am Mittwoch Wochenmitte ist. In der es am Donnerstag Donner und am Freitag frei gibt.

Dann wird am Samstag das Sams wiederkommen. Und Herr Taschenbier wird sich den fehlenden Druckknopf an die Wunschmaschine wünschen.

Herr Taschenbier weiß auch schon ganz genau, was der erste Wunsch sein wird, den ihm die Maschine erfüllen muss. Er wird auf den Knopf drücken und langsam und deutlich sagen: »Ich wünsche, dass das Sams nicht mehr am nächsten Samstag verschwinden muss. Ich wünsche, dass es immer bei mir bleibt!«

Leseprobe aus:

Das Sams feiert Weihnachten

Herr Taschenbier stand am Fenster seines Zimmers und schaute hinaus. Die Büsche auf der anderen Straßenseite waren mit hellem Raureif überzogen. Der kahle Kirschbaum dahinter trug ein Glitzerkleid, und die Dächer der umstehenden Häuser hatten weiße Ziegel.

„Ganz schön frostig draußen!“, sagte er zum Sams. „Der Winter kommt.“

„Herr Winter kommt?“, fragte das Sams und schaute auch durchs Fenster. Draußen schob ein Mann gerade das gelbe Postwägelchen vorbei und hob grüßend die Hand, als er Herrn Taschenbier hinter der Fensterscheibe erblickte. Er trug Handschuhe, und wenn er ausatmete schwebte eine neblige Atemwolke vor seinem Mund.

„Wenn du unseren Briefträger meinst, der heißt aber nicht Herr Winter, sondern Herr Endres“, sagte das Sams.

„Nicht Herr Winter kommt, sondern *der* Winter“, sagte Herr Taschenbier. „Ich spreche von der Jahreszeit. Wir müssen dir etwas Warmes kaufen.“

„Ein warmes Würstchen?“, fragte das Sams.

„Nein“, sagte Herr Taschenbier.

„Zwei?“, fragte das Sams.

„Nein!“

„Drei!“ Das Sams strahlte. „Mit ganz viel Senf!“

„Mach dir keine falschen Hoffnungen“, sagte Herr Taschenbier. „Ich spreche von warmen Kleidern.“

„Ach so“, sagte das Sams enttäuscht. „Gibt’s die wirklich?“

„Was meinst du?“

„Warme Kleider!“

„Natürlich gibt’s die!“, sagte Herr Taschenbier. „Du stellst manchmal sehr dämliche Fragen!“

„Wie werden diese Kleider denn gewärmt?“, fragte das Sams. „In der Mikrowelle?“
Herr Taschenbier musste lachen. „Du nimmst wohl alles sehr genau“, sagte er. „Ich meinte keine warmen Kleider, sondern welche, die warm machen. Einen Pullover oder eine dicke Hose. In deinem superdünnen Taucheranzug wirst du frieren. Wir gehen am besten gleich los.“
„Wohin?“, fragte das Sams.
„Ins Kaufhaus. Da haben wir die größte Auswahl.“
„Kaufhaus, sehr gut“, sagte das Sams und fing gleich an zu singen:

„Kaufhaus, Feldmaus,
Kaufmaus, Kopflaus,
Kauflaus, Blumenstrauß!“

„Das selbe Lied hast du schon mal gesungen“, sagte Herr Taschenbier.
Das Sams nickte. „Ich war ja auch schon mal im Kaufhaus. Da habe ich diesen wunderbar wundervollen supertollen Taucheranzug her, den du superdünn nennst. Den werde ich niemals nicht ausziehen und wenn es saumäßig superkalt wird!“
„Das musst du ja nicht. Du ziehst den Pullover einfach über den Taucheranzug.“

„Und die Hose?“
„Auch!“
„Gute Idee“, sagte das Sams. „Dann lass uns losgehen. Ob der Ober-Verkäufer mit der dicken Brille wohl noch da ist?“
„Meinst du den Abteilungsleiter?“, fragte Herr Taschenbier.
„Ja. Der mir den Taucheranzug geschenkt hat.“
„Schenken kann man das wohl nicht nennen“, sagte Herr Taschenbier. „Eigentlich ist der Taucheranzug mehr oder weniger geklaut.“
„Wieso?“ Das Sams wunderte sich. „Erst wollte er, dass ich in den Anzug schlüpfe. Gummi dehnt sich, hat er gesagt. Und dann hat er gerufen: ‚Verschwinde hier! Verschwinde aus meinem Kaufhaus!‘“
„Weil du so ein Chaos angerichtet hast mit deinem falschen Feuer-Alarm!“
„Ja, das war ein sehr, sehr schönes Choas“, schwärmte das Sams.
„Chaos“, verbesserte Herr Taschenbier. „Wir sollten diesem Herrn jedenfalls aus dem Weg gehen. Er darf uns im Kaufhaus nicht entdecken, sonst kriegen wir Ärger.“
„Er wird uns niemals nicht entdecken, weil wir uns vor ihm verstecken“, reimte das Sams.

Aber es sollte ganz anders kommen, als es die beiden sich vorgestellt hatten!

Das Kaufhaus, das sie nun betraten, war vorweihnachtlich dekoriert. Überall an den Wänden hingen Tannenzweige aus Plastik, es gab Weihnachtsbäumchen mit bunten Kugeln und blinkende Lichterketten, und riesige, goldfarbene Sterne. In der Mitte stand ein großer Christbaum, mit künstlichem Schnee bestäubt. Aus allen Lautsprechern kam Musik.

„Dieses Weihnachtslieder-Gedudel geht mir auf die Nerven“, sagte Herr Taschenbier zum Sams. „Und diese ganzen künstlichen Christbäume. Man könnte meinen, schon morgen sei Weihnachten.“

„Wein-Nachten?“, fragte das Sams. „Ist das eine Nacht, in der man Wein trinkt oder eine, wo alle weinen?“

„Ich falle auf deine dummen Fragen nicht mehr herein“, sagte Herr Taschenbier. „Du weißt genau, dass es Weih-Nachten heißt. Eine geweihte Nacht!“

„Eine Nacht mit Geweih“, sagte das Sams. „Ungefähr so wie ein Hirsch?“

Herr Taschenbier ging nicht darauf ein.

„Ich weiß wirklich nicht, warum es Weih-Nachten heißt“, sagte das Sams. „Und nicht zum Beispiel „Weih-Tagen.“

„Ich erklär’s dir, wenn wir Zuhause sind“, sagte Herr

Taschenbier. „Jetzt lass uns erst mal was Warmes für dich kaufen."
„Ja, etwas schön warm Gewärmtes!"
Sie kamen an einer kleinen Bühne vorbei, eigentlich nur einem Podest mit einer weißen Rückwand. Darauf stand ein Mädchen, das als Weihnachtsengel verkleidet war.
Sie trug ein langes, weißes Gewand, das ihr bis zu den Füßen reichte, war geschminkt, hatte frisch geföhnte blonde Locken und ein Dauerlächeln im Gesicht.
In der Hand hielt sie eine goldene Glocke.
Das Sams blieb neugierig stehen.
„Warum hat das Mädchen ein Nachthemd an?", fragte es Herrn Taschenbier.
„Es spielt einen Engel", sagte er. „Das ist kein Nachthemd. Ein Engel trägt einfach ein langes, schönes, weißes Gewand."
„Du willst sagen: Eine Engel", verbesserte das Sams. „Wenn du sagst *ein* Engel, müsste es ja ein Junge sein."
„Es heißt aber *der* Engel", sagte Herr Taschenbier.
„Der Engel? Das meinst du nicht im Ernst!" Das Sams lachte. „Und was hat die Engel für komische Teile am Rücken?"
„*Der* Engel", verbesserte Herr Taschenbier noch einmal. „Das sollen seine Flügel sein. Die echten Engel haben Flügel, deswegen hat das Mädchen auch welche."

„Flügel?“ Das Sams lachte. „Solche Flügelchen wie dieses Mädchen da? Mit denen könnten deine Engel höchstens einen halben Meter hoch fliegen. Und nur, wenn sie ganz, ganz kräftig wedeln. Das ist ja, als ob ein Adler Schmetterlingsflügel hätte. Diese kleinen Dinger tragen sie doch nie und nimmer. Die würden abstürzen und auf den Bauch knallen.“
„Rede nicht so respektlos von Engeln! Außerdem braucht ein Engel die Flügel gar nicht zum Fliegen. Die sind mehr ein Schmuck!“, sagte Herr Taschenbier. „Engel können nämlich schweben.“
„Wie ein Luftballon?“, fragte das Sams.
„So ähnlich“, sagte Herr Taschenbier.
„Können die dann auch lenken?“
„Vielleicht nehmen sie ja ihre Flügel zum Lenken“, überlegte Herr Taschenbier. „Das wäre eine gute Erklärung.“
„Wenn ein Ballon immer höher schwebt, bis dahin, wo die Luft dünner wird, dann bläht er sich immer mehr auf und platzt schließlich“, wusste das Sams.
„Nein, Engel platzen nicht“, sagte Herr Taschenbier schnell. Er hatte geahnt, was das Sams gleich fragen würde. „Ganz egal, wie hoch sie schweben.“
„Aha“, machte das Sams. Es schien mit Herrn Taschenbiers Erklärungen zufrieden zu sein.

Paul Maar
Seine schönsten Kinder- und Jugendbücher

Andere Kinder wohnen
auch bei ihren Eltern
Das große Buch von Paul Maar
Eine Woche voller Samstage
Am Samstag kam das Sams zurück
Neue Punkte für das Sams
Ein Sams für Martin Taschenbier
Sams in Gefahr
Onkel Alwin und das Sams
Sams im Glück
Ein Sams zu viel
Das Sams feiert Weihnachten
Das Beste vom Sams
Da bin ich gespannt wie ein
Gummiband.
Die samsigsten Sprüche vom Sams
Das fliegende Kamel.
Geschichten von Nasreddin
Hodscha, neu erzählt von Paul Maar
Der Galimat und ich
Herr Bello und das blaue Wunder
Neues von Herrn Bello
Wiedersehen mit Herrn Bello
In einem tiefen, dunklen Wald…
Jaguar und Neinguar.
Gedichte von Paul Maar
Kartoffelkäferzeiten
Das kleine Känguru
Kakadu und Kukuda.
Mit Gedichten, Geschichten und
Spielen durchs ganze Jahr
Kreuz und Rüben, Kraut und quer.
Das große Paul-Maar-Buch
Schiefe Märchen und schräge
Geschichten
Lippels Traum
Lippel, träumst du schon wieder!
Mehr Affen als Giraffen.
Geschichten, Rätsel und Bilder
Onkel Florians fliegender Flohmarkt
Die Opodeldoks (mit Sepp Strubel)
Snuffi Hartenstein
Der tätowierte Hund
Der verborgene Schatz

Oetinger

Weitere Informationen unter:
www.dassams.de und **www.oetinger.de**

Illustrationen von Ute Krause und Nina Dulleck